TO

四段式狂気

二宮敦人

TO文庫

一段目　マユリとリョウタ

§マユリ

小鳥の声。

ふっと目が覚めて、起き上がる。目覚ましをセットした時間より五分前だ。

「よしっ」

ベッドから下り、思い切り伸びをする。少し前までは寒くて布団から出るのが辛（つら）かったが、随分暖かくなってきた。春が近いと思うと、うきうきする。ショートの髪をかきあげながら、カーテンを開けようと手をかける。

「まてよ」

胸に手をやる。薄く、白いパジャマは、私の細い上半身の形をうっすらとなぞっていた。

やっぱり、ブラをしてからにしよう。私は寝る時にブラジャーをつけない。形が悪くなると言う人もいるが、窮屈で眠りにくいのだ。また胸が大きくなったのだろうか。

手早くパジャマを脱ぎ、下着をつけてセーラーの制服をまとう。これでよし。それからカーテンを開いた。窓の外には住宅街が広がっている。清々(すがすが)しい朝。

駐車場に白いバンが止まっている。その陰で何かが動いた。

私はそこをじっと見る。

俯(うつむ)き気味の、男の半身が見える。

やっぱりいた。

私はため息をつき、カーテンを閉めた。


夕暮れ時の公園。

「おっす。ピカピカ、キラキラ、銀色ミラー」

いつものようにそう言うと、ギンちゃんはぶふっと吹き出した。

中性的で整った顔が、私に向けられる。

「マユリさあ、いつまでその挨拶(あいさつ)続けるわけ？　もう高校生なんだし、自重しろよ」

男性にしてはやや高い声。聞き慣れた声。この声を聞くと、ほっとする。

「だってこれ、私たちの合言葉だって決めたじゃん？」

「それ、いつの話だよ……十年前じゃないか？　小さい子供なら可愛いで済むけど、高校生になったらさすがにイタいって」

「……でも、合言葉って決めたじゃん」

「はいはい、わかったよ。ピカピカ、キラキラ、ミラクルプリンセス。今日のご相談は何でございましょう、お姫様」

私はにっと笑う。ギンちゃんは今日も変わらない。なんだかんだで、付き合ってくれる。

私がベンチに腰かけると、ギンちゃんもふうと息を吐きながら座った。

「それ、アニメが元ネタなんだよね。主人公が、毎回使い魔に言う台詞（せりふ）。何だっけ、鏡魔女とか、そういう系の……」

「『鏡の魔法少女・プリティハーツ』だね」

「ああ、それだ。確かマユリ、玩具（おもちゃ）持ってたよね。杖（つえ）みたいなやつ」

「ステッキね。懐かしいなー、よく遊んだな、あれ。スイッチ押すと光るんだよ。塗り絵とかもあったな。楽しかった」

「あのねえ。毎回付き合わされてた僕の気持ち、考えたことある？」

「え？　楽しんでくれてたでしょ？」

「まあ……ねー。まさかこんなに長いこと相手をするとは、思ってなかったけど」

ギンちゃんはため息をつきながらも、笑う。

彼とは本当に長い付き合いだ。思い出せないくらいの昔に出会って以来、毎日のように話し、遊んできた。お互いに高校生になった今も、いつもこうして一緒に話す。夕食までの時間を、だらだらと公園でおしゃべりして過ごすのだ。

「さーて、今日のジュースは？」

私はコンビニで買ってきた紙パックを取り出し、ストローをさす。ぷちっと音がして、透明なストローをピンクの液体が駆けあがった。口に含むと爽やかなストロベリーの香り。

ギンちゃんが顔に手を当てた。

「うわー、またかぶったか」

ギンちゃんが持っているのは、同じ包装の紙パック。私は嬉しくなってくすくす笑う。

「マユリは絶対、僕が買うの見てから買ってるだろ……」

「そんな面倒なことするわけないじゃん。あんたこそ、私のジュース毎回チェックしてるとしか思えないって」

ギンちゃんは苦笑いしながら同じジュースを飲み、ぷはっと息を吐く。

「僕は好きで買ったんだよ。新製品のイチゴ味ときたら買うしかないじゃん。春も近いし」

「全く同じ理由で、私も買った」

顔を見合わせて吹き出す。ジュースチェックは、毎回恒例だ。そして不思議なくらい、かぶる。もはやかぶることを確認するためにジュースを買っていると言っても過言じゃない。コンビニのポイントカードには、そのジュースの分だけポイントが溜まっている。

二人で積み重ねた歴史のような気がして、ポイントが使えない。

「ああそう……相変わらずだね、僕たちは」

ギンちゃんとは昔から、とても波長が合う。意識してても、してなくても、同じような行動を取っている。恋人というのとはちょっと違って、でもただの友達ではなくて、やっぱり親友というのがしっくりくる存在。

「あー、あんたと一緒だと居心地いいな」

「それ、気を使わないってだけでしょ。男として見てない宣言じゃないか」

「気楽になれる相手ってのも、大事な存在だよー」

「そうですかい。告白の返事待たされてる方の気持ちも、少しは考えてよ」

「もすこし、考え中」

「はあ。ま、マユリらしいけどさ」

「へへへ」

ギンちゃんに告白されたのは、数週間前だ。彼とキスするとか、手を繋ぐとか、そんなこと全然イメージできなくて、まだ保留のまま。

「……普通なら、こういう時の男女って、少し気まずくなるんじゃない？」

「私たちに限って、それはないよ」

「……」

ギンちゃんは何か言おうとして、しかし一言も発さぬまま口を閉じた。じゃあ、告白にＯＫをくれればいいのに。そんな心の声が、聞こえた気がした。

夕陽がゆっくりと沈んでいく。赤く輝いていた街が、静かに紫に浸されていく。角や路地に、暗がりが増えていく。

あの闇の中に、あいつが潜んでいたら。私は少し震えた。

「……そろそろ、行こうかな」

私が言うと、ギンちゃんは首を傾げた。

「あれ、今日も？　まだ時間は余裕あるんじゃない」

「あまり暗くならないうちがいいんだ」

「父親がうっとうしいから、家にいたくないって言ってたのに。最近、どうかした？」

私は言おうか言うまいか、悩む。

変に心配させるのも嫌だ。

「やたらとため息も多いし、何か悩みでもあるんじゃないの？」

……だけど、ギンちゃんだったら遅かれ早かれ、私の悩みには気付くだろう。

「……誰にも言わないでね。ちょっと困ってることがあるんだ」

「ん？　何だよ改まって。相談、乗るよ？」

「実はね……誰かに、つきまとわれてるみたいなんだ」

「え？」

「ストーカーってやつかもしれない」

ギンちゃんは真剣な顔で、覗(のぞ)き込むように私を見ていた。

Яリョウタ

「ちょっとリョウタ君、ぼーっとしてないで品出し手伝ってくださいよ」

レジで考え込んでいるところを注意され、慌てて頭を下げる。

「あ、すみません。今やります」

僕はケースに駆けより、菓子パンを取り出して並べていく。

「返事をしなさい！」

今度はきつい口調で言われた。思わず袋を取り落としそうになる。

「すみません！　やります！」

声が聞こえなかったようだ。僕は少し大きめに言い直す。クソ店長め。お客さんが来ている間はニコニコしているのだが、客足が途絶えると、何かと怒鳴る。そして今日は特に機嫌が悪い。

「……ったく、バイトして一年にもなる癖に、いつまでたってもダラダラしやがって……」

そして僕に聞こえるように愚痴をこぼす。本当に嫌な店長だ。

自分で言うのもなんだが、僕は仕事はきっちりこなしている。あの脂ぎった顔の店長より、客の評判もいいはずだ。このコンビニは僕でもっているようなものだと思う。たまに二十一時で上がらせてくれと言ったくらいで、ここまでグチグチ言わなくてもいいだろう。普段、どれだけ働いてやってると思ってるんだ。

だいたい、本当は休みたかったんだ。

マユリが悩んでいるんだぞ。

ストーカーの話を聞いてから、僕はずっと落ち着かない。レジ打ちをしながら、品出しをしながら、清掃をしながら、ふと頭に浮かぶのはそのことばかり。

マユリ……。

僕の前で、あんなに真剣な顔を見せるのは珍しかった。いつも「ギンちゃん、ギンちゃん」と甘えながら、明るく笑ってくれるマユリ。そんな彼女が、悩んでいる。やはり男として、頼られているのだろうか？　そう思うと胸がどきどきする。

落ち着け、落ち着け。

友達以上、恋人未満。そんな関係がずっと続いていた。そこから脱したいと思い続けて、だけどなかなかうまくいかなくて……でも、マユリの悩みをうまく解決できたら、進展するかもしれない。

ここはいっちょ、頑張らなくては。

ああ、もどかしい。

あの時、すぐにでもマユリの助けになりたかったのに。バイトのせいで中断せざるを得なかった。本当に、今日は休みたかった。

時計を見る。二十時四十五分。まあいい、あと十五分でバイトは終わりだ。

終わったら、すぐにマユリの家に行こう。

そう、即行でバックヤードに入って、すぐさま着替えるんだ。次に鞄を引っ掴み、店長にお疲れ様を言って、自転車に飛び乗る。後は夜の街を全速力で走り抜ける。大通りに出て、二つ先の路地を曲がり、坂を上がって、突き当たりを右。そこに立つ煉瓦塀の一軒家、二階がマユリの部屋だ。何度も行っているから、光景はありありと目に浮かぶ。

マユリのお父さんは、やかましいんだよな。見つからないように気をつけないとならない。玄関から入るより、部屋の窓からの方がいいか。塀を足掛かりに、植木を登ればマユリの窓までは近づける。十分会話のできる距離だ。そして……。

僕は考える。

「リョウタ君！　ぼーっとするなって言ってるでしょう？」

店長のヒステリックな声が飛んだ。

§マユリ

「ごめんね、こんな時間に出て来てもらっちゃって」

　私が言うと、ギンちゃんは快活に笑った。

「気にしないでよ。僕と君の仲なんだから」

「ありがとう」

　ギンちゃんと話していると、それだけでほっとする。口元がゆるむのがわかる。

「さてと。その、つきまとってる奴っての、今もいるの？」

「うーん、わからないけど……見てみた方がいいかな」

　私は立ち上がってカーテンに手をかける。そろそろと力を込めて、ほんの少し開いた隙間から外を見た。慎重に外を見回すが、怪しい男は見当たらない。

「暗くて、ちゃんとはわからないけど……いないみたい」

「そっか。しかし、知らない人間に見張られてるってのは、気持ち悪いね」

「いつもじゃないの。でも、ふと気付くと、見られてるんだ。だいたい、この部屋の真下あたり、あの駐車場から……」

「男なんだよね？　年齢とかは？」

「いつもフードをかぶってるから、よくわからなくて……中肉中背で、おじいさんでも子供でもないとは思う」

「何か、付け狙われるような心当たりは？」

「それが、全然ないの」

「うーん。マユリは綺麗だから……ストーカー気質の変な奴に、一目惚れされたのかもしれないね」

ギンちゃんはさらっと言う。私は震える。

「ちょっと、怖いこと言わないでよ」

「あ、ごめん……でも、ありえると思うんだよ」

「……やっぱりパパに相談した方がいいかな」

「どうだろう。マユリのお父さん、男関係にはうるさいからね。娘に手を出す奴は許さないってタイプだから。守ってはくれるだろうけど、今以上に色々と口出しされるかもしれない。外出がもっと厳しくなるかも」

「それは嫌だなあ……あ、ごめん、もう少し声のトーン下げよう。パパに聞こえちゃう」

私は人差し指を立てて口に当てる。ギンちゃんも同じポーズを取って頷いた。

「……何か対策はしてるの？」

ひそひそ声。

「朝、ノーブラでカーテン開けるの、やめてる」

「え？　ノーブラ？」

「他にはお風呂の時、いつもは窓を少し開けてたけど、ちゃんと閉めたりとか……」

呆れた顔をされた。

「あのさ……そんなの、常識でしょ？　若い女の子なんだから、それくらい最初から気をつけなよ。そんなことだから、ストーカーに狙われちゃうんだよ」

「だってお風呂場、湯気でもうもうになるんだもん」

「換気扇を使えばいいじゃないか」

「パワーがいまいち足りないんだもの」

「……で？　対策はそれでおしまい？」

「あとは、下着を室内に干すくらいかな……物干にパパのパンツたくさん並べて、男がいるってアピールしてるよ」

「嫌な絵だなあ、それ。でも、今できることって確かにそれくらいしかないね」

「うん。実害があるわけじゃないし、警察を呼ぶのもどうかなって……」

「そうだよね。しばらくは様子を見た方がいいかな。警戒していることが相手にわかれば、退散するかもしれないし。とりあえず状況は理解したよ。何かあったらいつでも僕を呼んでいいよ。助けるから」

ギンちゃんはどんと胸を叩いてみせた。頼もしい。

「うん、お願いするね」

「んじゃ、いったん今日は帰るかな」

ギンちゃんは立ち上がる。私も一緒に立って、お礼を言う。

「うん。遅くにありがとう。じゃ、またね」

「ん。おやすみ。ちゃんとブラして寝ろよ、おっぱい垂れるぞ」

ギンちゃんがニヤニヤ笑う。顔が赤くなるのを感じた。

「私の勝手でしょ、そんなの」


やっぱり相談してよかった。

パジャマに着替えながらそう思った。

ギンちゃんに話したおかげで、だいぶ心が軽くなった。一人で抱え込んでいるのとは大違いだ。

しかし、夜中に部屋で二人っきりでも、ギンちゃんとなら全然怖くないな。襲われる気もしないし、どきどきもしない。やっぱり、親友は親友なのかなあ。

それ以上の存在になる気がしないよ。

はあ。

私は若者向けのファッション雑誌を手に取る。読者モデルがポーズを取っているカラーページを何枚かめくると、恋愛特集と題された白黒ページが現れた。でかでかと印刷された見出しが目を引く。

「ふとしたきっかけで友情が恋に変わるかも？　本当に相性のいい男性は、案外近くにいることが多い！」

ほんとかなあ。全然、そんな気配ないんだけど。ふとしたきっかけどころか、天変地異でも起きない限り無理じゃない？

はあ。

私だって恋愛したいんだけどな。手を繋いでデートしたり、バレンタインやクリスマスにプレゼントを用意したり、二人の記念日を手帳につけたり、してみたい。どきどきしたり、嫉妬したり、ハートの絵文字のメッセージ送ったり、してみたい。

実はデート用に、ちょっと可愛い服も一着だけ持ってる。勝負用の、レースがついたピンクの下着も買っちゃった。全く使う機会が来ないけれど。結局肌触りが良かったり、楽だったりするものばかり着ている。

この下着をつけて、この服を着て……表紙の子みたいな、ふわふわの髪型にしたら。ギンちゃんと恋が始まったり、するのかな？

「そんなわけないよね」

思わず独り言。もう寝よう。ぱたんと雑誌を閉じて、目覚まし時計をセットする。あくびを一つしたところで、背中に何か嫌な気配を感じた。

……まさか。

そろりそろりと歩いて、窓の傍まで来る。カーテンを少しだけめくって、外を見る。どきりとした。

駐車場に据え付けられている自動販売機。その淡い光に、怪しい男の姿が照らし出されていた。

Яリョウタ

家までの道、僕はさっき聞いた話を、心の中で何度も反芻していた。

つきまとい。男。ストーカー……。

マユリが何か悩んでいるらしいのはずっと前から気付いていた。

許せない。マユリに嫌な思いをさせる男は、絶対に許せない。

やっつけなきゃ。僕が、やっつけなきゃ。

ブラジャー。お風呂。ノーブラ……。

僕は頭をぶんぶんと振る。違う、違う。そんなことを思い出すな。そりゃ、確かに気になる。マユリは可愛い。大好きだ。

端整な顔、細く整いつつも、出るところは柔らかく出ている体……僕だって男として、マユリの裸は見たい。ストーカーの気持ちもわかる。だけど、違う。駄目だ、やめろ。そんなつもりで付き合いたいわけじゃない。

僕はあくまで人間として、マユリが好きなんだ。決して肉欲じゃない！　これは純粋で、素直な恋心なんだ。ストーカーまがいの男とは、本質的に違うんだ。

僕は自分の頭をはたく。一瞬バランスを崩して自転車が揺れた。

こうこうと明かりがついたビルが見えてきた。大型ディスカウントストアだ。こんな遅い時間までやっているとは、ありがたいな。

僕は自転車を降りてビルに入り、防犯グッズのコーナーに向かう。

色々な商品がある。防犯ブザーにホイッスルといった定番品から、警棒、スタンガン、盗聴器発見器……。

僕は警棒のコーナーを物色する。何でもいいから、とにかく武器が欲しかった。ストーカーと戦える武器が。自分の体だけじゃ、心もとない。何か頼りにできるものを持っていたかった。

マユリには言わなかったけれど、僕は様子を見るつもりなどない。

ストーカーは危険だ。何をしでかすかわかったもんじゃない。できるだけ早く見つけて、警察に突きだすなり、追い払うなりするべきだ。そのために、僕は夜中、寝ずの番をしよう。

だが、この考えをマユリに知られるわけにはいかない。間違いなく、危険だからと反対されてしまう。マユリは優しい子だ。僕の身に危険が迫るような作戦は、受け入れないだろう。

だから僕はマユリに気付かれないように、一人でやらなきゃならない。

その結果、ストーカーの問題が解決すればそれでいい。

僕の功績であることすら、マユリには知られなくて構わない。

そう、点数稼ぎがしたいわけじゃないんだ。

純粋な愛だから。

ただ、マユリの力になりたいんだ。

僕は警棒の一つを手に取る。フリクションロック式、スチール警棒。価格は四千円ほど。値段が手ごろな割には、頑丈で使いやすそうだ。鉄の棒は攻撃的に鈍く光っている。単純な武器だが、こいつで殴られればただではすまないだろう。

僕は一つ頷き、それを籠（かご）に入れた。

こんなものを買うなんて、不良になったみたいだ。誰かに怒られやしないだろうか。びくびくした。

§マユリ

今朝は、怪しい男を見なかった。だからと言って気が抜けるわけじゃない。公園で、コンビニで、道路で、あの男に似た体格の人物を見るたびに、体がすくむ。

私はコンビニの袋を持って歩きながら、額に滲んできた汗をぬぐう。今日も暖かい。毎日のように制服の上にはコートとマフラー、そして手袋と完全装備をしているが、そろそろマフラーはいらないかもしれない。

立ち止まってマフラーを外し、首筋を露わにしていると、通りすがった男子生徒がじっと私を見つめてきた。私が目をやると、男子生徒は視線を外す。ほっと息をついていると、向かいからやってくるサラリーマンも、私を舐めまわすように見た。

何だろう。

不思議に思ってすぐ、ある発想が浮かんだ。

……ひょっとして、私の体が気になっているのか。

自分に女としての魅力があると思ったことは、今までなかった。男を翻弄する魔性の女や、恋愛を繰り返すような女性は、自分とは無縁の存在だと考えてきた。

パン屋の窓に、私が映っている。私の体は、丸みを帯びている。肌は白い。黒髪はサラサラと揺れる。唇は鮮やかに赤い。

私は、こんな私は、男性の興味を引くのだろうか。

そうなのかもしれない。

だから、あのストーカーも……。

私を手に入れようとしているのかもしれない。

自分の体が急に、魔法のかかった道具のように思えてきた。おとぎ話の魔法使いは、その能力でたくさんの奇跡を起こす。

だけど、その力に溺(おぼ)れて破滅する。

なんだか、嫌な予感がした。

私は暑いのを我慢して、再びマフラーを巻きつけた。


「それは考えすぎだよ」

ギンちゃんはバッサリと切って捨てる。

「そうかなあ」

「自意識過剰なんじゃないの。女の子が道端で立ち止まってマフラーいじってたら、『何かあったのかな?』って目をやるくらい、おかしくないよ」

公園のベンチ。ギンちゃんは左手で紙パックのミルクティーを飲んでいる。

私は同じミルクティーを、右手で飲んでいる。彼とは利き手が逆だ。

「確かにそうかも……」

「だけど、もう一個。マユリは、自分の魅力に無自覚すぎるよ。これも事実」

「え？　どっちなの」

私は混乱する。ギンちゃんは人差し指をぴっと立てて、私に言った。

「可愛いって言ってるんだよ。マユリは、男の関心を引くには十分すぎるくらい、可愛い。だから、その。魔法で身を滅ぼすってのは言い過ぎだけど……もう少し用心はした方がいいっていうか……」

「……ぷっ。何、照れてんの」

「ちょっ、照れてないって！　せっかく、真剣にアドバイスしてるのに」

「ごめんごめん」

ギンちゃんはむすっとしてストローを吸った。

「で、今日は何でミルクティーなのよ。またかぶったじゃない」

「中途半端に暖かいからさ。こんな日はミルクティーに決まってる。レモンティーは暑い日。ストレートティーは寒い日」

吹き出しそうになる。

「偏見にもほどがある意見だけど、個人的には同意」

「だよね」

公園に入ってきたジャージ姿の男性が、私を見た。いったんは目を離したが、準備体操をしながらちらちらと目線を送ってくる。物珍しそうな顔。

「……あの人、見てない？」

私はギンちゃんの顔と、ジャージの男性を交互に見る。

「見てるね」

「やっぱり、私が……」

私は自分の服装をチェックする。胸元が開いてないか、スカートが広がってないか。

「無視しとけばそのうちどっか行くよ。それとも、あれがストーカー男？」

聞かれて私は観察する。男性は初老で、かなりの猫背だった。ストーカー男とは体格も違った。

「違うと思う」

「そうか……ならほっとこうか」

「そうだね」

「ねえマユリ、ストーカーについてだけどさ」

「うん」

「もう少し、情報はない？　相手を特定するような情報。こっちからある程度、犯人を探してもいいと思って」

「昨日は様子見た方がいいって言ってたのに。まさか……何か、危ないことするつもりじゃないよね？」

ギンちゃんは少し慌てる。

「あ、いや、別に僕が動くってわけじゃないよ？　様子を見る、それは同じ、うん。でも具体的な情報を、整理しておくのは大事だよ。例えば『こういう不審者が出るんでパトロール強化してください』って、警察に伝えたりできるじゃないか」

「なるほどね……うーん、具体的な情報か」

「いつも駐車場のあたりにいるってのは聞いたけど、他には？　顔は見たの？」

「顔はよく見えないんだよね……薄暗い所にいるから」

「身長とかは？　わからない？」

「そんなの、具体的には……あ。いや、わかる」

私は昨日のことを思いだす。

「うちの前の自動販売機。あそこに、立ってたんだ」

「頭の位置、覚えてる？　だいたいでいいよ。飲み物の段でいうと、どのあたりにあったかな？」

「確か……一番上の段に頭がかぶってたような……一番上の段の、ボタンくらいに目線があった気がする」

「ふむふむ。ということは、ストーカーの身長は百六十台から、百七十台……」

「あまり絞り込めないね」

「そんなことないよ。少なくとも、百八十を超えている人はシロと考えていいんじゃないかな。百五十以下もシロだね。例えばマユリのお父さんは百八十くらいあるから、容疑者ではない。こうしてちょっとずつ排除していけば、きっと犯人に辿りつけるよ」

　私は眉をひそめる。

「どういうこと？　パパまで疑ってるの？」

「あ、ごめん。別にそういう意味じゃない」

「パパが私をストーカーする必要ないでしょ」

「お父さんについては、そうだね。でも……親しい人も疑っていくべきなんだよ。ストーカーはきっと身近なところにいると思うんだ。マユリの知っている人かもしれない。普段顔を合わせている人かもしれない。すぐ近くに住んでいる人かもしれない……」

「やめてよ、怖い」

「だけど事実だよ。縁もゆかりもない人が、ストーカーになるわけがない。候補は自然と限られるんだ。マユリを知っている人、マユリとすれ違った人、マユリに興味を持った人……マユリと何らかの接点があった人。その中から、条件に合わない人物を外していく。今、身長で一つふるいにかけた。次の条件が見つかれば、またふるいにかける。そして残った人物がストーカーなんだ」

　私はギンちゃんを見る。真剣な表情をしていた。

「……ふるいに残った人が、仲のいい友達ってこともありうるの？」

「……そうだね」

「学校の先生とかも？」

「可能性としては」

　私は首を振る。

「そんな。さすがに身近な人だったら、私だって気付くと思うけど。むしろ、ストーカーは赤の他人、って方がしっくりくるんだけど……」

「僕はそうは思わないよ。その人の本性を、マユリが知らないだけかもしれないじゃないか」

　ギンちゃんは飲み切った紙パックを、くしゃっと潰（つぶ）す。

「人間って、そんなに裏表があるものかな？」

「人間に裏表があるわけじゃない。勝手に、マユリが『表』しか見ていないだけなのさ」

　紙パックは形を維持しようと、ぺこんと反発した。

「見たいところだけ見ている、と言い換えてもいい。人間の心ってさ、僕が思うに、底知れぬ深さを持つ世界だよ。海を想像してみてよ。僕たちが思い浮かべる海と言えば、その波打った表面。それからせいぜい、見知った魚が泳いでいる浅海くらい。それだけイメージできれば事足りる。でもね、海はどこまでも深く、広い」

「うーん」

「深海って言葉、わかるだろ？　太陽の光が届かない、水深二百メートル以上の暗く深い海のことだ。そこでは珍妙な形の魚が泳ぎ、マリンスノウが降り、熱水噴出孔からバリウムが吐き出されている。そして猛烈な水圧と暗黒、凍えるほどの低温。想像を絶する、不可思議な世界さ。こんなに奇妙な深海、海全体の何パーセントくらいあると思う？」

「うーん。知らないけど……三十パーセント……くらい？」

「いいや。海のうち、約九十八パーセントは深海なんだ」

「え？　ほとんど全部、深海じゃない」

「うん。人間の心もそうだと思うんだ。表皮を一枚めくれば、その奥は深海。そこは、地上とは全く違うルール、常識、概念が跋扈（ばっこ）する世界。そこで何が起きても、不思議じゃない。そして、そんな世界の方が多くを占めている。僕たちが理解しているのは、ほんの一部……」

「……今日は随分おしゃべりだね」

ギンちゃんは稀に、こうして堰を切ったように話し出す。

そんな時の彼は、達観したような目をしている。

「こうして飲み物を飲むだけでもさ、深海からの声みたいなものを感じるんだ。表層では、『喉が渇いた』って感情があるだけだよ。でもその奥では、生存本能とか、欲望とか、何だかよくわからないものとかが渦巻いている気がする。深い層のうねりが、ほんの少し表出してるだけっていうか」

「ふうん……」

「人間の心は深海みたいに、立体的なものだと思う。中深層、漸深層、深海層、そして超深海層……深海には、おおまかに分けて四段がある。一段深い層には、その手前からは想像もできない空間が広がっている。一段潜るごとに、世界は激変していく。人間の心の、一段深い層に潜ることができたとしたら、それは想像を絶した世界だと思う。現実世界が逆転して、今までの常識も知識も全てが通用しなくなっちゃうだろうね。恐怖だよ。ましてや、二段、三段と下層だったら……もう、狂気って言葉すら軽すぎて、当てはまらないいんじゃないかな……そこは人が足を踏み入れてはいけない、禁断の地なんだ」

「そうかな。波打ってる表層よりも、深海の底の方が居心地いいかもよ？　意外と静かで、落ち着けそうじゃん。現世と離れた、別荘みたいな感じで」

「まあ、そうだけど。そういうことを言ってるんじゃない」

「ごめんごめん。……つまり、見知った人間であっても、何を考えているかなんてわからないって話ね」

「うん。平たく言えば、そう」

それを言うためだけに、延々と小難しいことをしゃべったのか。私はくすくす笑う。

「ねー。私以外の友達と話す時もそんなこと言うの？」

「え……？　いや、あまり言わないかな。マユリにだけだよ。そもそも、他に友達いないし」

「ならいいけど。みんな、ポカンとしちゃうだろうから」

「なんだよ……心配して言ってやってるのに」

ギンちゃんは少し不満そうに横を向く。

「ごめんごめん。でもさ、深海だなんて真面目な顔して言うから、ちょっとびっくりしちゃった。海とかそういうの好きなの？　まあいいや、わかったよ。ストーカーが誰かはわからないから、油断しないようにする。『この人は大丈夫』とか、妄信しないように気を付ける」

「せいぜいそうしてくれよ」

機嫌を損ねてしまったらしい。ギンちゃんはため息をついた。

「でもその代わり、ギンちゃんも約束してよ？」

「え？　何を？」

「危ないこと、しないって。ストーカーを夜に一人で待ち伏せするとか、そういうのなしね？」

　ギンちゃんはほんの少し黙り込んでから、わかってるよ、と頷いた。

「一度言われればわかるよ。それに、君だって知ってるじゃないか。夜中に単独行動なんて、僕にはできないって」

「それもそうだね」

　私も頷く。

「んじゃ、そろそろ行こうか」

　ギンちゃんが言い、私たちは立ち上がった。

　深海。一段下、二段下、三段下、四段下の世界……心の中にそんなもの、あるわけない。ギンちゃんは変わってるなあ。私はまた少し笑った。

Яリョウタ

　マユリは安心しているはず。

僕が危険なことをしないと、信じきっているはず。

なぜなら、僕はコンビニのバイトを常時入れているのだ。夕方に数時間、そして夜から明け方にかけて。マユリだってそれは知っているだろう。僕は夜に動けない、きっとそう考えている。

だけど今日からは違う。

僕は店長と交渉して、夜から明け方にかけてのバイトをしばらくやめさせてもらった。これから毎日、その時間をマユリの家の見回りに当てる。店長はぶつくさと文句を言っていたが、僕は気にしない。

バイトなんてどうでもいい。

マユリの方がずっと大切だ。

僕は自分の部屋で一人、立っている。外は暗くなりはじめ、電気をつけていないワンルームは薄闇に包まれていく。僕は扉の前から動くことができない。

正直、僕だって怖い。

ストーカーと出くわしてしまったら、どうすればいいのだろう。僕は喧嘩が得意じゃない。いや、にらみ合いですら苦手だ。闘争とか、戦いとか、そもそもそういうのに向いていない。

だけど……好きな女の子のためだったら、少しだけ勇気が出せる。

僕がマユリを守らなきゃ。必ず。

「よし、行くぞ」

言葉にして出した。よし、言った。言ったからには、行かなくちゃ。

僕は扉を開けて外に出る。

ストーカーの身長は、自動販売機の一番上の段。マユリの家の近くで、それくらいの身長の奴がいたら要注意だ。

夕暮れの街のどこかに、ストーカーは潜んでいる。すれ違う人がみな、危険人物に思えてくる。

弱気になるな。頑張れ。

僕は自分を励ましながら、歩き続けた。

§マユリ

自分の部屋に入って着替えていると、廊下を歩く足音が聞こえた。パパだ。脱ごうとしていたスカートを、指をかけたまま止める。足音は私の部屋の前で止まり、ノックの音がした。

「今、着替え中だから！」

私は言う。扉がほんの少し開いた。僅(わず)かな隙間から眼球がくりくりと動いているのが見える。

「マユリ。ちょっといいか」

「着替え中だって言ったでしょ……入って来ないでよ」

「ん？　あ……すまない」

「まあいいや。脱いでなかったから。で、何？」

「ああ、ちょっとな」

パパは遠慮なく室内に入ってくる。嫌だなあ。まだ、一緒にお風呂に入っていた頃のような気持ちでいるのだろうか。私はとっくに、父親に嫌悪を感じる年齢なのに。

「用があるなら、早く言ってよ」

私は上半身だけ普段着、下半身が制服のままで言う。

「マユリお前、最近コンビニに行く時間が長すぎるんじゃないか」

「コンビニくらい、いいでしょ……」

本当はその後に公園に寄って、ギンちゃんと話をしているから遅いのだが。

パパに言ったら怒られるから、言わない。

「行くのはいい。気分転換にもなるしな。だが、帰りが遅すぎると言ってるんだ。お前を夜まで外にいさせるのはパパも不安だし、それに家のことだっておろそかになるだろう」

　パパは私をじろりと見る。しかし一瞬、私の胸元に目線が行くのがわかった。

「……夕飯までには帰ってるけど」

　私は胸を隠すように腕を上げる。

「口答えするのはやめなさい。いいか、この家はお前とパパとで維持していかなくてはならないんだ。その意識がお前には足りないんじゃないか？　パパに心配をかけないように、もっと……」

「知らないよ。だいたい、ママがいないのが悪いんじゃない。普通は、家を維持するのは両親の役目だよ。娘にそれを強いるなんて……」

　パパはぴくりと眉を動かした。

「誰のせいだと思ってるんだ！」

「怒鳴らないでよ！」

　ため息をついて、パパは額に手をやる。

「……すまん。怒鳴ったのは悪かった。マユリのせいにしてはいけないな。だがわかってくれ、パパはマユリのためを思って言ってるんだよ。夜は変質者も出るし、お前はただでさえ注目を浴びやすい。長いこと外にいない方が、身のためなんだ」

　私の勝手でしょ、と言いたくなった。が、パパがあまりに寂しそうな顔をするので、呑み込んだ。

「うん……わかった。気をつけるようにする」

「ああ。わかってくれたなら良かった。それだけだ」

パパはそう言って背を向けた。途中、ベッドの上に目をやる。そこには私の下着、そして鏡と化粧道具が置かれている。

「ちょっと……見ないでよ」

「マユリ、お前……あんなに小さい下着をつけるなんて。何というか……」

それは勝負用の下着なの。まだ一度も使ってないんだから。

「見ないでってば！」

「それから化粧に鏡か。何度も言うようだがな、鏡ばっかり見るのはやめなさい。まだ早い。お前の心に良くない影響がある」

「いいでしょ、別に！　パパに関係ない」

「だからパパはお前のためを思ってだな……」

「出てってよ！」

私はパパの背中を押し、部屋から外へ追い出した。そしてドアを閉め、座り込んだ。

廊下からパパの大きなため息が聞こえた。

「夕飯が出来たら呼ぶからな」

「……うん」

扉越しに会話をする。

そして、足音が遠ざかっていく。

別に喧嘩したいわけじゃないのに。どうしてパパはこんなに理解がないんだろう。年頃の娘なんだから、少しは考えて欲しい。

「鏡見るくらい、普通だよね？」

私はベッドの上に呼びかけてみる。

鏡がライトを反射して、きらりと光った。

Яリョウタ

深夜。

少し寒い。僕は震えながら、立っている。

ずっと、マユリの家からほど近い壁の陰に隠れて、あたりの様子を窺（うかが）っている。何かあればすぐに飛び出せるよう、警棒には手をかけたままだ。

緊張が続くせいか、掌（てのひら）には汗をかいている。心臓はどきどきしっぱなしだ。

何事もなく、潜み始めてから数時間が過ぎた。もうすぐ夜明けだ。

不審な人物は通らない。

たまに通行人は見かけるが、みな足早に歩き去っていくだけ。マユリの部屋を覗(のぞ)こうとするやつはいない。

今日は来ないのかもしれない。

無駄足か……。

ほっとしたような、がっかりしたような。

夜明け前の空気は冷える。僕は一つくしゃみをした。

§マユリ

「パパ、コンビニ行ってくるね」

「ああ。早く帰ってくるんだよ」

気まずい思いを抱えながら、私は外に出る。注意されたばかりだから、今日ぐらいは早めに帰らなくては。ギンちゃんとのおしゃべりも、ほんの少しで切り上げよう。

それにストーカーも怖い。今朝も、ちらりと怪しい人を見た。

鞄の中には下着に化粧道具、鏡も入っている。留守の間に処分されたらたまらない。

鏡はいつも持ち歩くが、これからは下着と化粧道具も一緒だ。

通い慣れたコンビニ。店頭にやたらとハート形の菓子が並んでいると思ったら、今日はバレンタインデーだった。想いを寄せる男性にチョコを渡す日。すっかり忘れていた。

いつもだったら飲み物だけを買うが、ふと思いつく。

ギンちゃんにチョコでも買っていこうかな。勘違いされない程度の、小さくてシンプルなチョコを。

私は適当なものを見繕い、飲み物と一緒にレジの店員に差し出した。

「ポイントカードよろしいですか？」

いつものようにカードを出す。珍しく、飲み物以外のポイントが加算された。

Яリョウタ

僕はまだどきどきしている。

手を開いたり閉じたり、何度も繰り返す。

マユリからチョコを受け取った時の感触が忘れられない。マユリの手が、細い指が、白い爪が、僕の掌に当たったのだ。どきどきする。

チョコは一口サイズの、なんてことのないものだった。手作りでもなければ、ハート形でもない。だがそれを直接手渡された。特別な意味があると期待したくもなる。

意識していなかったわけではない。今日はバレンタイン。少しだけ浮かれた空気が街に漂っている。僕も例外じゃなかった。ひょっとしたらマユリからチョコが貰えるかも、そんなことも想像していた。

だけど実際には無理だと思っていた。マユリは僕のことを友達としか思っていないだろうし、そもそもバレンタインにチョコをあげるという発想があるかどうか疑わしい。

だから期待は必死で押さえつけて、いつもと同じように接すると決めていた。

だからこそ、余計に衝撃だった。

まともにマユリの顔が見られなかった。口の中が乾いて、うまく言葉が出なかった。僕は何度も唾を呑みこんだ。

あの感触が、忘れられない。

僕は必死で平静を装っていた。

§マユリ

「何、動揺してんの？」

「べ、別にそんなんじゃないよ」

ギンちゃんは赤い顔をしている。私だって緊張するのに、やめてほしい。

「ま、色々相談に乗ってもらってるし。お礼ってことで」

「……ありがとう」

チョコを、ギンちゃんはまじまじと見つめていた。

「義理だからね？」

「わ、わかってるよ！」

「それと、悪いけど私、早く帰らなきゃだから」

「うん、ストーカーも怖いしね。わかってるよ」

「それだけじゃなくて。パパがうるさいんだ」

「ああ、そっちなんだ。マユリのお父さん、厳しいもんな」

「ほんと、嫌になっちゃうよ……いつまで子供扱いなんだろう」

「ストーカーの方は、その後どう？　何か新しい動きはあった？」

「うーん。相変わらずだよ。最近は駐車場のところだけじゃなく、遠くの電信柱のところにいたりするけど」

「そう……」

ギンちゃんは首を傾げる。

「うん」

私も真似をして首を曲げている。

「マユリ、ストーカーの心当たりは、やっぱりなし？」

「ないなあ」

「ふーん……本当に？」

「え？……うん」

　ギンちゃんは少し考えてから、言った。

「マユリの身近にいる人間だよ。たぶんここ数日の間にも、君と接点があった人だ」

「そんなのパパと、ギンちゃんくらいだよ」

「そうかな？　現代社会は想像以上に人間と人間が関係しあってる。気付かないうちに凄く身近に人がいるってことが、あるよ」

「……どういうこと」

「例えばさ、普段は意識しないところにいる人間。背景と化している存在。郵便配達員。駅員。交通整理の人。僕たちはいちいち彼らを識別したりはしない。顔見知りになれば挨拶くらいはするだろうが、それ以上の感情を持つことは稀だ……だけどね、向こうがそうとは限らない」

　ギンちゃんはここが肝腎だ、と言わんばかりに身を乗り出す。

「バスやタクシーの運転手。ＮＨＫの集金員。トイレ清掃のおばさん……彼らがマユリを好きになったら？　ひょっとしたら学校の同級生なんかよりもずっと、マユリのことを知っているかもしれない。マユリが何時ごろ家にいて、どんな行動パターンを繰り返していて、どんな趣味を持っているのか……」

　ぞくりとする。

　確かに普段は、背景としか考えていない人々がいる。しかし彼らもまた、生々しい感情をその内に秘めた人間なのだ。

「身近にいるって言ったのは、そういうのも含めての、身近なんだ」

「何か怖い……」

「……そこまで意識して、考えて。ストーカーの心当たりって、ある？」

　私は考え込む。

「うーん……」

　ギンちゃんは私をじっと、見つめ続けていた。

Яリョウタ

　夜の帳(とばり)がおり始めた街を、マユリは帰って行った。その後ろ姿を見つめながら、僕は思う。今日は早く帰らなくてはならないと言っていたな。

　もっと早く、帰らせるべきだった……。

　そう、僕が一声出して、促せばよかったのだ。なぜかそういう時になると緊張してしまって、うまく言葉が出せない。

弱気な性格が、自分で嫌になる。

念のため、家に無事につくまで見守ろう。

僕はある程度の距離を置いて、マユリを追う。あたりにストーカーらしき人間がいないか監視しながら。

マユリに見つからないように気を使う。僕は夜からバイトしていることになっているのだ。それが、実は身辺警護していましたじゃ、まずい。幸いマユリは後ろを振り向いたりせずに歩いていく。こちらとしては助かるが、それはストーカーも同じだ。

僕は念入りに周囲を警戒しながら進む。警棒も、鞄に入れて持ってきている。

マユリが帰宅したら、そのままいつもの見回りを始めよう。

§マユリ

結局、帰宅が遅くなってしまった。

今日こそ早く帰ろうと思っていたのに。ギンちゃんが難しい話をするから悪いんだ。

あれから二人で考え込んでしまって、気付いたら夜になっていた。

玄関前で私は立ち止まる。扉を開くのが怖い。しかし開けないわけにもいかない。

鍵を入れて回す。

すぐに、不機嫌そうなパパの声が聞こえた。

「マユリ、おかえり。……どうなってるんだ？　あれだけ言ったのに、遅いじゃないか」

ずっと玄関近くで待っていたらしい。パパはどすどすと近づいてきて、私を見る。

「……ごめんなさい。ちょっと、友達と話しこんでしまって……」

何を言っても言い訳になるのはわかっている。私は俯いた。

「また鏡か。そんなもの持ち歩くな。どうして、パパの言うことを聞いてくれないんだ？」

パパは目ざとく鞄の中の鏡を見つけた。取り上げようと伸ばされた手を、私はかわす。

「本当に、今日は早く帰ろうと思ってたの！　でも……」

「だがな、実行しないなら意味がないだろう」

「わかってる、わかってるけど……」

「……お前のためを思って言ってるんだぞ？」

パパはそう言うと、私に背を向けた。一瞬、悲しそうな顔をするのが見えた。

「……ごめんなさい……」

涙が出そうになってきた。

私は階段を駆け上がると、自室に飛び込んだ。

私は部屋に飛び込むなり、ベッドに突っ伏した。

ママがいたら、こんな時に慰めてくれるのだろうか。私の気持ちを、パパにうまく伝えてくれたりするのだろうか。ママがいないことが、悲しくて仕方なかった。ママに会いたい。ママの顔を思い出そうとする。

頭が痛くなって、うまく思い出せない。ママの姿は、記憶から消えている。自分で消してしまったのだろうか。悲しい。

「ちょっと遅く帰るくらい、別にいいじゃない……」

時間はまだ六時を少し回った程度だ。高校生にもなれば、七時や九時が門限という家だって珍しくない。うちは厳しすぎる。

ため息をついてカーテンを開く。そこで息を呑んだ。

窓の端に、トランプほどの大きさの紙がくっついている。外側だ。おそるおそる窓を開けてみたが、紙は落ちない。両面テープでガラスに貼りつけられているようだ。一体誰がこんなことを。あたりに人影はない。

紙はメッセージカードだった。二つ折りのそれを開くと、小さな丸文字で文章が書かれていた。

マユリへ

いつも君のことを見ているよ　心配はいらないからね　君の味方だから　全て理解しているよ　全て知っているよ　安心してね　大丈夫　マユリのメッセージ　全て伝わっているからね　君の味方だよ　君の力になりたいだけなんだ　安心してね　愛してるよ

君の王子様より

ぞくりと背中に悪寒が走る。

メッセージカードを取り落とし、思わず後ずさる。

ストーカーだ。手紙を送ってきた。ここは二階だというのに、どうやったのだろう。長い棒の先にカードをつけて、窓に付着させたのだろうか。気味が悪い。

この部屋に私がいると知られている。やっぱりいつも、外から見られていたのだ。

次は何をされるかわからない。

どうしたらいい？　どうしたらいい？

そうだ、パパに相談しよう。私は部屋の扉を開ける。

「パ……」

私は絶句した。廊下の途中で、パパが座ってこちらを見ていた。手元には文庫本。ずっとそこで、座り込んでいたらしい。

「マユリ。どこへ行くつもりなんだ？」

その声色で全てを察する。パパは私をじろりと睨みつける。疑っているのだ。私が逃げ出さないか、禁を破ってコンビニに行かないか、見張っていたのだ。

「こっそりどこかに行くとかは、やめてくれよ？」

パパは言った。

そして、廊下に足を伸ばすとまた、文庫本を読み始めた。わざわざ横にはヒーターも持ってきている。

私は何も言えずに、扉を閉めた。

パパのねばつくような視線を、背中に感じた。

「急に呼び出して、どうしたの」

「ごめん、もう少し声のトーン落として……」

私はギンちゃんに頼む。

「え？　ああ、お父さんのことだよね。わかってるよ。見つかったら怒られるもんな」

「いつも以上に気をつけたいの。廊下に座り込んでるから」

「え？　まさか、ずっと部屋の前で見張ってるの？」

「わかんない。さっきまでいたの。まだいるかもしれない」

「そりゃちょっと異常だね」

「パパは私を疑ってばかり。私を見張って、束縛していれば、いい子になると信じてるみたい。どうしようもないわけ。相談できるのは、ギンちゃんくらいしかいないんだよ」

「困ったお父さんだね。僕で良かったらいつでも。で、どうした？」

「これ見て」

私はひそひそ声を続けながら、ストーカーからのメッセージカードを差し出す。ギンちゃんもぎょっとした顔を見せる。

「へえ。こりゃ、本物のストーカーさんだね……」

「でしょう」

「こいつの手紙だけど、『**いつも君のことを見ているよ**』ときてる。相当マユリの近くにいる人物なんじゃないかな。この手紙はいつごろきたの？」

「わかんないけど……昨日の夜はなかったよ」

「じゃあ、昨日の夜から今日にかけて貼られたんだな。やっぱり、すごく近くにいる。ニアミスしているかもしれない。少なくとも、ここ数日の間に、マユリと顔を合わせている人物だ。その中にストーカーはいる、僕はそう思う」

「ここ数日で関わった人？……そんなに多くはないけど」

「もう一つ。マユリの家は、表札にマユリの名前を出していないよね」

「うん。うちの表札は、辻沖エイスケ、パパの名前しか書かれていない」

「だけどこのストーカーは、『**マユリへ**』ときっちり名前を書いている。これもヒントだ。どこで名前を知られたのかな。マユリ、自分あての郵便って来ることある？」

「ほとんどないよ」

「じゃあ郵便配達員は違う。ポストを漁られた可能性も除外。そうなると……」

私はギンちゃんの言葉を頭で繰り返しながら考える。

それ以外で自分の名前を晒した可能性。

「……あ……」

一人の人物が、浮かび上がった。

Я　リョウタ

僕はいつものように、コンビニのおでんを仕込む。濃縮されたつゆを溶いて、おでんだねを入れて、スイッチを押す。慣れたものだ。

最初はつゆの薄め方を間違って、とんでもなくしょっぱいおでんを作ってしまったこともあったけれど……最近では鼻歌を歌いながらだって余裕だ。

あとは……肉まんとから揚げの準備か。

作業していると、つい考え込んでしまう。

昨日も僕は、マユリの家の周辺をパトロールした。不審者の姿はなかった。野良猫が通り過ぎる程度だ。本当にストーカーなんているのだろうか？　そう思うくらいに、異常は見られない。

逆に、マユリの家の方が気になった。

声が聞こえてくるのだ。マユリのお父さんが、マユリをたしなめ、叱りつけている声が。お父さんはマユリを必要以上に監視しているようだ。廊下で見張っているなどとも言っていた。外出も厳しく制限し、自由を奪っている。

……ストーカーが解決すれば、マユリは幸せになるのだろうか？

違う。

あのお父さんも、何とかしなくてはならない。いやむしろ、お父さんの方が問題かもしれない。

いっそ家から連れ出せればいいのだが。僕がマユリを助けだし、二人きりで外の世界へ……。

僕はぶんぶんと首を振る。

何を考えているんだ僕は。夢を見すぎだ。

だいたい、マユリがそれをよしとしないだろう。彼女は父親とうまくやっていきたいと願っているはずだ。そういう子だ。僕の独断で行動するわけにはいかない。

どうしたらいいのか。

僕は腕を組んで考え込んだ。

「リョウタ君！　のんびりしてるけど、ホットスナックの準備終わったの？」

店長の声が飛ぶ。慌てて僕は作業に戻った。

「はい、今やります」

「……ったく。いつまでたっても、ノロノロして！　夜のシフト外してもらったからって、気が抜けてるんじゃないの？」

くそ。

僕は聞こえないように舌うちした。

§マユリ

私は何度も何度も考えた末に、結論を出した。

間違いない。考えれば考えるほど、ストーカーはあの人としか思えない。

ここ数日で関わった人物で、私の名前を知ることができた人。

どう対処すればいいのだろう。警察に言う？　変な手紙を送られたくらいで動いてもらえるだろうか？　二度と会わないようにする？　ダメだ。家を知られている。

結局、直接言うのがいいのかもしれない。

付きまとわれて迷惑している、これ以上続けるつもりなら通報するぞ。そう警告するのだ。それで解決しなかったら……その時は、考えなくてはならないけど。

まずははっきりと伝えよう。

あなたのやっていることは、ただのストーカー行為ですと。

よし。

私は決心する。


私はいつものようにコンビニに向かう。鞄の中には鏡。今日はどの飲み物にしようか。

ちょっと考えつつも、結局お茶を選ぶ。店内に他の客はいない。店員が一人レジにいて、もう一人が品出しをしている。

私はレジに進むと、お茶を差し出した。

店員が商品のバーコードを読み取りながら、私の目を見て聞く。

「ポイントカードよろしいですか？」

やっぱりそうだ。

私はそこで言う。

「……お前だろう」

店員は固まる。

「……はい？」

「お前だろう！　ストーカー！」

私は叫んだ。

もっと丁寧に言おうと思ったが、いざ目の前にすると荒っぽい声が出てしまった。まあいい、こういう時は勢いも大事だ。

私は感情のままに声を出す。

「迷惑してるんだよ！　お前が付きまとってくるから！　嫌なんだ！　もうやめてほしい！　わかった？　次は、次は、警察呼ぶからねっ！」

もう一人の店員が、異変を察したらしく近寄ってきた。

Яリョウタ

僕は困惑していた。

目の前で起きていることが、理解できない。いつもと同じ日常のはずだった。マユリがいつものように僕に商品を渡し、僕が会計をする。ポイントカードを受け取って、お釣りを渡す。その時に軽く手を握る。

そんな、いつもと同じ幸せな時間だったはずなのに……。

「やっぱりお前だ！　コンビニの制服着てるから、気付かなかったけれど……俯き気味に、駐車場に立っているところを想像したら、しっくりくる！　家の近くをうろついたり、私の部屋を覗いたり……公園で私を見てたこともあるでしょ！　わかってるんだから！」

マユリが僕に向かって怒鳴りつける。いつもの穏やかな表情ではない。どこか追い詰められたような、鬼気迫った目だ。

「リョウタ君！　これ、何事？」

店長も飛んでくる。何事かってこっちが聞きたいですよ、店長。

「ポイントカードでしょ？　これ、レンタルビデオの会員証も兼ねてるから、裏に名前が書かれてる。それを見たんでしょう。どうやって家を調べたのか、知らないけど。あ、あれかな。ここで電気代払ったことあるよね。料金収納代行。パパに頼まれて、来たことがある。あの時も、同じ店員さんだった。あの住所を見たんだ！」

何を言っているの？　マユリ。

反論したいのに、口が震えてしまって声が出ない。

最初にポイントカードをわざわざ裏にして……名前を見えるようにして僕に渡したの

は、君の方じゃないか。僕は覚えてる。あれは僕がこのコンビニでバイトを始めて、二か月くらいたった時だった。

ほぼ毎日、君は夕方に飲み物を買いに来たね。綺麗な子だなあとは思っていたよ。だけどシャイな僕には、話しかけることなんてできやしない。いつもレジを打ちながら君の顔を盗み見るばかりだった。

だけど君も、次第に僕の顔を見てくれるようになったよね。そして、僕がレジにいる時を見計らって会計に来るようになった。僕は嬉しかった。ひょっとしたら二人は両想いなのかもって思うようになった。でもそれだけで確信はしなかったさ。

僕は勘違いしやすいんだ。ちょっと優しくされただけでも、好意を持たれてるって思ってしまう。それで今まで何度も痛い目にあってきたから、用心しているんだ。だから僕は君からのアクションがあるまで、何もしないことにしていたんだ。

「リョウタ君、黙ってないで説明しなさい！　どういうこと？　ちょっと、茫然としてるだけじゃ困るよ！　リョウタ君！　あ、お客様、申し訳ありません。お話なら私が伺いますので。私、店長の村山と申します。うちの店員が何か粗相でもしましたでしょうか」

忘れもしないよ、あの十一月の十四日。君はマフラーと手袋をつけてやってきた。僕はレジでおでんを準備してた。君が買ったのは缶コーヒー、ホット。君はレジで僕を上目づかいに見ながら、恥ずかしそうにポイントカードを出したんだ。いつもと違って、裏向きで。

　僕はすぐに察したよ。これには特別な意味があるって。名前を知ってほしい、そういうサインだって。僕は嬉しかった。辻沖マユリ、素敵な名前だった。

　胸がドキドキしたよ。でも、店長の手前、表立ってお客さんと会話なんかできない。だから僕は返事の代わりに、自分の名札をいじってみせた。君も覚えているだろう？　ちょっとだけ位置を直したんだ。月島リョウタ。その名前がよく見えるように。君は名札をじっと見ていたね。僕の名前、そこでちゃんと知ったんだよね。そう、あの日は僕と君が初めて名前を伝え合った記念日なんだ。

　不思議だよね。初めて会ったのはずっと前なのに、お互いの名前を知ったのがその時だなんて。でも、そんな恋愛も悪くないよね、マユリ。

「ねえ、聞いてるの？　どんなつもりで私のことを尾行したわけ？　あの手紙もあんたでしょ？　気持ち悪いから、やめてよ！」

「お客様？　申し訳ありません、ここでは少しあれなので、裏でお話聞かせていただいてもよろしいでしょうか……ちょっとリョウタ君！　ぼーっとしてないで！　聞いてるの？」

　それから僕たちは少しずつ愛を深め合った。そう、まさに一歩一歩だった。僕って凄くチキンだからさ、名前を教えてもらっても前に踏み出す勇気がなかったんだ。だってそうだろ？　からかわれてるだけかもしれない。マユリみたいに綺麗な人を目の前にしたら、誰だってそう思うよ。

最初はそう、君が言った電気代の料金収納代行さ。君は住所の部分が僕に見えるように差し出して、にっこり笑った。僕は理解したよ。住所も教えてくれたわけだ。僕は用紙を処理しながら、それをメモったよ。家に来てもいいと言うサインだよね。正直、心臓がばくばくしたけどね。

他にも「いつもの道が通行止めなんですけど、公園に行くにはどうしたらいいですか」と聞いてくれたこともあったね。いつも公園に寄っているということを、それとなく僕に伝えてくれたあの日。

早速バイトの休憩時間に公園に寄ったよ、君は一人きりで飲み物を飲んでた。僕に気付くと、ほんの少し笑って、すぐに目を逸らしたね。僕は仕方なく散歩だけして、またバイトに戻った。君は本当にじらすのがうまいよ。恋の駆け引きっていうのかな？　僕は全然ダメだから、いつも君のやり方を見て感心してた。

その頃からかな、君の気持ちは冗談じゃない、本気だって信じてもいい、そんな風に思えてきたのは。いや、ごめんね、本当に臆病になってるんだよ僕。だって今まで罰ゲームで告白されたりとか、しょっちゅうだったからさ。だから誰かを好きになっても、怖くて動けなくなるんだ。

だけど君がここまで、僕に愛を伝えてくれた。これに応えなかったら、僕も男じゃない。僕はやっと積極的に動く決心をしたんだ。

「どういうつもりなの、あの手紙！　いつ窓につけたわけ？　私のことが好きなら、正面から言えばいいのに、あんな回りくどい！　凄く怖かったんだから、二度としないでほしい！」

「リョウタ君！　どういうこと？　お客様に、付きまとったわけ？　それ、犯罪だよ！　君は仕事の要領はあまり良くないけど、悪いことだけはしない人だと思ってたのに！」

動くと言っても、最初はおずおずと、あたりさわりのないところからだけどね。教えてもらった住所に行ってみて、君が父親と二人で暮らしていることを知った。僕の気配を察したのかな、ちょうど窓から姿を見せてくれたよね。あれで君の部屋を知った。

それからはまっすぐに君の部屋の真下に行ったよ。駐車場の自動販売機のそばで、耳を澄ますんだ。そうすると、窓が閉じていても君の声が聞こえてくる。君が父親の愚痴を言ったりするのが聞こえたよ。夜中だったら思い切って、窓のすぐそばまで近づいた。庭の木をよじ登れば、そばまで行けるんだ。君の寝顔、可愛かったよ。

君が公園で飲み物を飲んでいる時も、僕の休憩時間が近かったら抜け出して、近くのベンチや、茂みに隠れて君の気配を感じていたよ。

おおっぴらにデートができなくてごめんね。バイトの休憩は短いんだ。でも、ああして二人で過ごすのは、とても楽しかった。話しかけることはできなかったけどね。恥ずかしくて。

「ギンちゃんの言った通りだった！　背景だと思っていた人が、私のことを付け狙っていたんだ！」

　ギンちゃん。それも君が僕につけてくれた、素敵な仇名(あだな)だ。

　君はよく言ってたね。ギンちゃん、ギンちゃんって。公園で、部屋の中で。僕に聞こえるように独り言で。すぐに僕は察したよ。僕が見せたあの名札。コンビニの名札。ふちが銀色に装飾された、あれ。そこから僕にギンちゃんって仇名をつけてくれたんだろう？　そうだろう、そうに決まっているよね。君が仇名をつけて呼ぶ相手なんて、僕以外に考えられないもの。独り言に出てくる「ギンちゃん」は、僕に呼びかけるサインだったんだよね。

「ずっと悩んでたんだよ！　変な人に何かされたらどうしようって、怖くて仕方なかったんだ！　それがまさか、毎日行くコンビニの店員さんだったなんて！」

「リョウタ君！　返事をしなさい、聞いてるの！」

　そう、君が悩んでいるのはすぐにわかった。

　僕がどれだけ君の接客をしていると思ってるんだい。お金をやり取りする時の声のトーン、目線の動かし方、顔色……それだけで君の気持ちは全部わかるよ。

あの日、君ははっきりと悩んだ顔でレジにいた。あれは僕へのSOSだったんだろう？　だから僕はあの日、バイトを早めに上がった。店長に嫌味を言われて大変だったよ。いや、君のためならいいんだけどさ。

そして君の部屋の下で、ストーカーに悩んでいるという話を聞いた。室内で独り言のように装って話すのが聞こえてきたからね、あれは僕に伝えようとしてやってくれたんだろう？　それから、僕は警棒を装備してパトロールを続けてたんだ。わかってる、君は僕に危ないことはしてほしくないんだろう。だけど僕はしたかったんだ。守らせてよ、自分の好きな女の子のことくらい。

そう、好きなんだ。君が僕を好きなのと同じように。

君が気持ちを伝えてくれたバレンタイン、忘れないよ。

君はレジに来て、僕の掌にチョコを乗せてくれた。秘密の関係だから、直接チョコを貰うわけにはいかない。だからいつものように会計をしたけど……僕にはわかったよ。だって掌に乗せてくれることなんて、今までになかった。いつも商品はレジ台に置いていたものね。そしてその日はバレンタイン。これで気付かない方がどうかしてる。

あの感触、僕は忘れられないんだ。

僕は何があっても君を幸せにしようって、その時誓ったんだ……。

だから手紙を出したんだ。君に手紙を出したんだ。カードを買って、そこに書いて、何があっても君の味方だって、ストーカーからも、父親からも、君を守るって、君を愛し続けるって、君が大切だって、君のために生きるって、何も心配いらないって、それを伝えたくて、伝えるために、手紙が、手紙が、手紙が怖かった？　え？　え？　僕が、僕の伝え方、間違ってた？

「気持ち悪いんだよ！　とにかく、もうやめて！」

「お客様すみません、もしよろしければこちら、商品券ですが……」

「そういうのはいりませんから！　家に来たり、私を見張るのをやめてくればいいの！　それだけなの！」

気持ち悪い？　それって僕？　いや違う。それじゃ、君のこれまでのメッセージと噛みあわない。僕に言ってる？　店長に言ってるんじゃないの？　いや僕に言ってるのか？　店長？　僕？　あれ？　え？　ちょっと待って、思考が追いつかない。僕、頭の回転遅いんだよ。しゃべるのはもっと苦手なんだ。何を言ったらいいかがわからないんだよ。

違う、違う、違うぞ？

家には行ったよ？　でもそれは君が家を教えてくれたから行っただけ。それ以外は、君の家のパトロールをしてただけだよ？

え？　それがストーカー？　僕がストーカー？　君の言ってるストーカーって、僕？

他の誰かのことじゃないの？　だから僕が見張りをしている時、怪しい人には出くわさなかったの？　見張りをしてても怪しい人が見つからないのに、ストーカーは出没し続けてたってことは、つまり僕が怪しい人？

違う違う！　違う！　全然違う！　全く違う、まるで違う。

誤解だ！　誤解！

ちょっと待って、そもそものところから整理させて。マユリ、君は僕をからかってたの？　僕に気のある素振りを見せて、僕を馬鹿にしてた？　そんなはずない。マユリはそんな子じゃない。じゃあ今の状況はどう考えたらいいんだ？　僕は、僕は？　あれ？おや？

「もうこのコンビニには二度と来ない！　次、似たようなことしたら、警察呼ぶから！覚悟しておいて！」

「申し訳ございません、申し訳ございません！　リョウタ君、君も謝りなさい！　何やってるんだ、おい！　謝れ！」

店長が僕の頭を摑み、無理やり頭を下げようとする。僕はされるがままにお辞儀をする。

マユリが立ち去り、自動ドアが閉まるのが見えた。

ちょっと待ってくれ、これは夢なのか。何か大きな誤解があるのではないか。だって僕が気持ち悪いわけがない。僕はマユリの味方だ。これっぽっちも邪心はないんだ。マユリがただ幸せになってくれれば、それでいいんだよ。

　マユリに性欲だって向けたことがない。変質者のたぐいとは違うんだ。二人で一歩一歩、きずなを深めていくもの、僕はそう考えていた。だから手を握ったこともなければ、直接話したこともない。メッセージはいつも遠回しに伝え合うだけ。マユリが公園や、家で独り言を口にし、僕はそれを聞くだけ。

　それでよかったんだ、僕は。清潔そのものじゃないか。そこらのカップルの方がよっぽどグロテスクだ。ディープキス、ラブホテル、コンドーム、フェラチオ、セックス！　吐き気がする。

　そんな僕が、どうして？　どうして？　どうして？　え？　え？　え？　え？　わからない。意味がわからない。何もかもわからない。僕、あの、あべ、あ、あがが？

「リョウタ君、君はクビだ！　今日はもう仕事しないで結構。明日から、来ないでくれ！」

　店長の声が響き渡った。

§マユリ

コンビニからの帰り道、私は考えていた。

これからどうしよう。習慣になっていた、コンビニでのジュース。それを持っての公園。あのコンビニにはもういけない。別のコンビニに行こうか？　それとも、自動販売機で買う？

どちらもあまり気が進まない。あのコンビニが、一番いい位置にあったのに。どうしてこんなことになっちゃったんだろう。私の大切なものが、一つ失われてしまった。

とにかくこれで、あの人がストーカー行為をやめてくれるといいんだけど……。何だか放心状態だったみたいだし、どうなるか不安だな。

家に戻ると、パパがいた。

最近のパパは家にいることが多い。別にいいんだけど、四六時中見張られているようで嫌になる。

「おかえり、マユリ。今日は早く帰って来たな。感心感心」

「ただいま……」

「鏡は持ってないだろうな？　何度も言うが、ああいうものはお前に良くない」

「私の勝手でしょ。あんまり詮索（せんさく）しないで」

落ち着かない。私はパパとの会話もそこそこに、自室に引っ込む。

ストーカーの一件をパパに言おうかとも思ったが、やめた。外に危険があると知れば、パパはますます過保護になるだけだ。私はため息をつく。ストーカーを見つけてさっぱり、なんて気分じゃない。パパという別の問題が私を苦しめる。

ストーカーがいる外と、パパのいる家。

どちらも嫌だけど、ことによると外の方が開放的かもしれない。

「毎日、嫌なことばかり。楽しくない」

私は呟く。

またギンちゃんを呼んで愚痴を聞いてもらおうかと思ったが、やめた。

パパに見つかったら、きっとギンちゃんと付き合うのもやめろって言われる。

最悪。ほんと、最悪。

Я リョウタ

コンビニを追い出された。

これまでの給料を叩きつけられて。

僕はふらふらと歩き続け、気付けばまたここに来ていた。

通いなれた場所。マユリの家だ。

見つかったら、また気持ち悪いと言われるのだろうか。あんなに気持ちの通じ合っていたはずのマユリに、ひどいことを言われるのはしんどい。心が痛くて痛くてたまらない。

マユリは本当に僕をからかっていたのだろうか？　信じられない、信じられない……。

僕は、僕は……。

「マユリ、何度言ったらわかるんだ、鏡を持ち歩くな」

声がして僕は硬直する。マユリの父親の声だ。窓が開いていると、ここまで聞こえてくる。

「やめてよパパ、部屋に勝手に入って来ないで」

「お前のためを思って言ってるんだろう」

「パパ！　私をもう少し理解してよ！」

「お前こそ言うことを聞きなさい」

言い争いはしばらく続く。僕ばかりでなく、近くの人も何事かとマユリの家を仰ぎ見ていた。

しばらくすると騒ぎは収まった。僕はこっそり塀を乗り越えて敷地内に入り、家の壁に耳を当ててみる。かすかに、マユリがすすり泣く声が聞こえてきた。

僕は自分の頬をはたく。

ぱちんと高い音がした。もう一回。もっと強く、叩く。

ああ、僕はなんてバカなんだ！

自己嫌悪のあまり、僕は頭をかかえてその場に座り込む。穴があったら入りたいというのは、こういうことか。

……マユリが僕を罵倒したのが演技だと、なぜ気付けなかったのか？

マユリはきっと、あの父親に言われたんだ。他の男と付き合うなと。もし付き合い続けるようなら、ひどい目にあわせると。だから僕を振った。ストーカーだとか、気持ち悪いとか、怖いとか、そんなでたらめを並べて、自分から僕を遠ざけようとしたんだ。

マユリ……。

あの子のことだ。自分が怒られるのが怖いわけじゃあるまい。僕にまで父親の怒りが向かうのを恐れてのことだろう。そうだ、そうに決まってる。マユリは僕を愛してるんだ。愛するあまり、別れを選んだ。なんて健気な女の子なんだ。

僕は拳を握ってマユリの部屋を見上げる。

待っててくれ、マユリ。僕が必ず、君を救い出してみせる。あの父親から逃げて、ストーカーも追い払って、二人で暮らすんだ。僕たちの愛は、誰にも邪魔させない。僕は心に誓う。

マユリ。

君が僕を愛しているのと同じように、僕も君を愛している。

永遠に。

二段目　マユリとパパ

§マユリ

ある日家に帰ると、ギンちゃんが小さくなり、さらに無数に増えていた。一つ一つのギンちゃんはあちこちに転がっている。みな、私を見ている。突然のことに動揺する私。そんな私に、パパは言い放った。

「いつまでもパパの言うことを聞かないから、いっそ壊してやった。これもお前のためだ。それから、コンビニに行くのも禁止だ。外出は、パパの許可を取ってからにすること。わかったな」

その日から、私の世界は壊れ始めた。

♂パパ

あいつの自由を奪うようなことをしてしまっている。それはわかっている。

あいつが苦しんでるのも知ってる。

だけど他にどうしたらいい？

俺にはこうするしかないんだ。

これまでは迷いがあった。だが、もうふっきれた。

俺は自分のやりたいようにやっていく。仕方ない。俺だって男なんだ。俺にも幸せになる権利があるはずだ。

俺は、あいつを一人の女として愛している。ずっと前から。

§マユリ

パパを絶対に許さない。

「ピカピカ、キラキラ、銀色ミラー」

この鏡じゃなきゃ、ダメなのに。

「ピカピカ、キラキラ、銀色ミラー」

壊すなんて。私に何の断りもなく。

「ピカピカ、キラキラ、銀色ミラー」

あんまりだ。ひどすぎる。

「ピカピカ、キラキラ、銀色ミラー」

私は繰り返す。

「ピカピカ、キラキラ、銀色ミラー」

ばらばらになってしまった鏡の欠片(かけら)でも、こうしていればいつか。

「……やあ、マユリ」

小さな声。ギンちゃんが答えた。

「いや。違うか」

「ピカピカ、キラキラ、ミラクルプリンセス」

「今日のご相談は何でございましょう、お姫様……」

「これでいいかな？」

ギンちゃんだ。確かに鏡の中で、ギンちゃんが反応した。

「良かった！　消えてなかったんだね」

私は鏡にすがりつく。

「あんま」「り近づ」「くなって……」「鏡の破片で顔を」「切るよ」

「ギンちゃんがいなくなったら、私どうしていいか……」

そう言うと、ギンちゃんは寂しそうにふっと笑った。

「ああ、」「心配させて」「悪かった」「ね……」

ばらばらになった鏡の破片、全てにギンちゃんが映っている。私と反対の利き腕で、手を振っている。

「ギンちゃん……？」

私は鏡を覗き込む。そこに映るギンちゃんが、なぜかかすれて見える。

「ん……？」「どう」「か」「した？」

「変だよ、ギンちゃん、変だよ！　なにこれ？　ギンちゃんの声が、声が……」

「え？」「僕の声」「何か変」「かい」

背筋に寒気が走る。

違和感が全身を駆け抜ける。

「変っていうか……何て言うか」

「はっ」「き」「り言ってお」「くれよ」

「時々、私の声になってる……ギンちゃんの声が、私の声になってる……ギンちゃんの声なのに、私の声と、ギンちゃんの声とが、交互に！」

ギンちゃんが、引きつった表情で口を開けた。

私は思わず悲鳴をあげる。

「鏡も！」

「マユ」「リ」「落ち」「つくんだ」

「鏡も！　変だよ！　ギンちゃんの顔と、私の顔とが交互に映ってる！　入れ替わるの！　ギンちゃんが映ったと思えば、いつの間にか私が映ってるの！　わからないの、いつ切り替わってるかわからないの、怖い、なにこれ、怖い！」

「マ」「ユリ……」

ギンちゃんがため息をついた。

「落ち」「着いて」「考え」「よう」「そもそも、僕」「は」

「こんなの、落ち着いていられるわけがないよ！　どうして？　どうしてこんなことになったの？　まさか、まさか、魔法が、魔法が……解けちゃうの？」

「……きっと」「そうなんだ」「ろう」

ギンちゃんは悲しそうな顔をしていた。その顔が、私の泣き顔と鏡の中で入れ替わる。

「鏡が」「割れたからだ」「この鏡」「十年前に貰った、この鏡……」「特別な鏡」「これが壊れたから」「魔法が解けてしまうんだ」

「そんな！　だって、この鏡でしか、ギンちゃんに会えないのに……」

この鏡は魔法の鏡。初めて見た時から、他人が映っていた。最初はもちろん驚いたけれど、でもそれほど不思議じゃなかった。その時の私は友達が欲しくて仕方なかったし、実際に目の前で話す彼を見ていたら、それが異常だと疑う気にもならなかった。

私はずっと、彼と過ごしてきた。パパに鏡を見るのをやめろと言われても、ずっと。悲しい時も、辛い時も、何でもない時も、ずっと……。

銀色の鏡面に映る、誰も知らない私だけの友達、ギンちゃん。

「ほ、他の鏡には出てこられないの？　ギンちゃん！」

「昔、試した」「じゃないか」「？」「無理だよ」「他のどんな鏡」「にも、僕は」「映ることとは」「なかった」「魔法の」「鏡じゃないと」「ダメなんだ……」

「ギンちゃん、そんなこと言わないで、ギンちゃん……」

私は鏡にすがりつく。

「どうやら、」「お別れみたい」「だね……」

ギンちゃんの言葉のうち、私の声で再生される部分が増えていく。

「ねえ！　お願い、怖い！　いなくならないで。ギンちゃんがいないなんて、私、無理！」

「僕も」「嫌だよ」「マユリ」「でもどうしたら」「いいのかわからない」

「ギンちゃんっ！」

「マユリ」「僕に会えなくても」「元気で……」

「ギンちゃん！」

声がしなくなった。

「ギンちゃん……」

ギンちゃんの声が、完全に消えてしまった。

聞こえるのは私の声だけ。鏡の破片に映るのは、私の姿だけ。私の、泣き顔だけ……。

ギンちゃんは最後ににっこり笑っていた。泣きながら笑うような、表情だった。

それから何度呼びかけても、ギンちゃんは現れなくなってしまった。

♂パパ

考えたが、やはり医師を使おう。親身になってくれるようなタイプがいい。俺が厳しいぶん、医師が甘い方が対比になっていいはずだ。

マユリの鏡は壊した。まだ未練たらしくも破片に呼びかけているようだが、次に部屋に入った時に破片も回収してしまおう。窓ガラスにはフィルムを貼り、銀色の金属製戸棚は別の部屋に持っていく。念のため、自分の姿が映るものは全て、マユリの部屋からはなくすのだ。

これまではあいつが落ち込むと思って、そこまではしなかった。だが、やるとなったら徹底的にやった方がいい。

あいつの判断力はかなり低下している。鏡に映った自分が他人に見えるし、俺と同じくらいの身長の男なら、全部パパと呼びかけかねない。

危険すぎる。やはり外出を禁じて良かった。

少し可哀想ではある。籠の中の鳥だ。まったく、どうしてこんなことになってしまったのか……。

しかし判断力が落ちているというのは、チャンスでもある。

俺をパパではなく、男として、恋人として、認識させるチャンスだ。

弱みにつけこむようで少し心も痛むが、もう悠長に手段を選んではいられない。

§マユリ

「マユリ、お前は病気なんだよ。病気は早く治さなくちゃならない。これから毎日、お医者さんに診てもらうことにしたからね。心配しなくていい、優しいお医者さんを探して、選んだから」

夕食中、パパは突然私に告げた。また、何でも勝手に決めて。怒る気力も出ない。ただでさえギンちゃんがいなくなってしまって、悲しくてたまらないっていうのに。

「病院に通うのは大変だろうから、家に来てもらうことにした。幸いうちは部屋が余ってるから、一室を診療室の扱いにする。お医者さんには毎日そこに来てもらう。マユリは時間になったらそこに行けばいい」

「毎日って……学校とかは、どうするの？」

パパは困ったように眉間（みけん）に皺（しわ）を寄せた。それから口を開く。

「マユリ。お前は今、学校には行っていないだろう？」

「え……？」

「お前は毎朝、制服には着替える。だが、それだけだ。行く学校はもうない」

「え？　え？」

どういうことなの。そんなはずない。パパは私をからかっているの？

「とっくに学校は出たじゃないか。お前は病気なんだよ。だから、もう通えないんだ。今までも家で療養に専念してきたけど、ちっとも良くなる様子がない。鏡の破片はもうないだろうね？　あんなことを続けていたら、お前の病気は悪くなる一方なんだよ」

「私、私……私……？　え……学校……？」

パパは私を見つめる。可哀想に、という表情だ。

「お前は外出と言えば、歩いて一分のコンビニに出かけるだけだ。たまに、すぐ隣の公園にも寄っているかな。それ以外は家の色んな部屋を出たり入ったりしている。たまに絵に向かって挨拶したりしているな。これも何回説明したっけか。いや、気にしなくていい。病気が悪いんだ。お前が悪いわけじゃない」

私は箸を取り落とす。

「まあ、当分コンビニも禁止だ。外出は一切なし。もし必要があれば、パパが付き添う。あと、何度も言っているが鏡は見るなよ？　しつこいようだが、今のお前には悪影響がある。妄想を発展させるだけなんだ。これからしばらくは集中的に治療して、一気に治してしまおう。それが一番いいんだ」

「そんな……嘘……え？　医者って……病気って」

私は震える。

我慢しようとしても膝が、腕が揺れる。肩が震える。ぶるぶると体が勝手に動き、後から寒気が襲ってくる。パパがそれを見て立ち上がり、私の席へと近づいてきた。

「大丈夫。パパはお前を愛してる。頑張って病気に立ち向かおう」

そして私の背後からぎゅっと抱きしめる。パパの両腕が、私の胸の前で交差する。指先がかすかに乳首の上あたりをこすった。

私は声を出すことができなくて、ひっと小さく空気を吸った。

パパは私が病気って言うけれど、本当にそうなの？　人と物の区別がつかない。虚像と実像の判別ができない。

学校に行っているはずなのに行っていない。そんな病気があるなんて信じられない。

自分で自分がわからなくなる。

誰かに相談したいのに。割れてしまった鏡には、もうギンちゃんは映らない。

誰にも、相談できない……。

私は悲しくて目をこすった。

混乱した気持ちのまま夜は明けた。

私はパパに連れられて、応接間の前まで来た。着ているのは制服。

「応接間を診療室として使うことにしたから。ここから先は、一人で行きなさい。中で先生が待ってる」

不安に思ってパパを仰ぎ見る。パパは優しく私の肩を叩く。

「大丈夫。先生には、マユリの症状についてパパから詳しく話してある。何も心配はいらない」

「わかった」

どきどきしながらも、私は応接間の扉を開いた。きいと蝶番（ちょうつがい）の音がした。

診療室にしたと言っていたが、室内にそれほど変化はなかった。掃除がされ、積まれていた書類や本が片づけられた程度だ。それから椅子の配置。二つの椅子が向き合うような形に変わっている。

脇の机にはカルテらしき紙と、筆記用具、そしてよくわからないファイル類が置かれていた。

誰もいない。

私は椅子に腰かけて、待った。

「ああ、すみません。お待たせしました」

しばらくすると、白衣の男性が奥の扉を開いてやってきた。

「ちょっとトイレをお借りしていたんです。申し訳ありません」

彼はずり落ちそうになる銀縁眼鏡を直し、紳士的に礼をして椅子に座る。

「失礼します。これからマユリさんの治療を、私が担当させていただきます。どうぞ、よろしくお願いいたします」

若い女性だからと言って下に見ず、大人扱いするその態度に、好感を持つ。服装にも清潔感があって、良さそうな先生だ。

「ええと、大体の内容についてはお父さんからお聞きしています。そうですね、それでは簡単に診断させていただきますね」

先生はそう言って私を見、にっこりと笑った。

私にいくつかの質問をした後、うんうんと頷いてから先生は言った。

「失認が見られるようですね」

「……シツニン？　何ですか、それは」

先生はファイルからいくつかの写真を取り出し、私に見せる。

「これ、誰だかわかりますか？」

男性の顔写真が五枚。私はそれを見ながら答える。

「同じクラスの男子生徒です」

「残念、違います」

先生は別の写真を取り出して並べる。それぞれの全身が映った写真だ。マイクを握り、特徴的な衣装を身につけている。それを見て私はハッとする。

「全身写真ではわかるようですね。彼らは有名なアイドルグループのメンバーです。マユリさんは、顔写真だけではそれがわからなかった。それだけでなく、『同じクラスの男子生徒』と言った」

「え……何で……」

「この写真は、誰だかわかりますか？」

また首から上だけの顔写真だ。今度こそと思って、私は慎重に見る。

「報道番組によく出てくる、レポーターの方……ですか？」

「違います。これは私の写真です」

「ええっ？」

私は先生の顔と写真を見比べる。

「それは、スーツを着て、髪型を変えた私なんです」

確かに良く見ると、目や耳など部分的なパーツは同じに見える。しかし注意深く観察してやっとわかる、という程度だ。

「それが相貌失認です。顔を見ても誰だかわからない。鼻や口などの部分部分はしっかり見えているのに、それらを統合して『顔』として認識することができないんです」

「でも私、例えば……パパのこと、見間違えたりしませんけど？」

「おそらく顔以外の情報で判別していると思います。服装、声色、シチュエーションなどですね。家にいる男性で、これくらいの背格好の人はお父さん、というように。普段着ない服を着たり、眼鏡をかけるなどされた場合、お父さんも判別できなくなると思いますよ」

「どうして、そんな……」

「脳の血管障害で起こることもあれば、遺伝で起こることもあります。全くの原因不明のケースもあります。ＭＲＩを撮ってみないとはっきりしたことは言えませんが。マユリさんの場合、後天的なものと思われます。以前のマユリさんには、そうした症状はなかったとお父さんから聞いていますので」

「嘘……」

信じられない。じゃあ今まで、私は人の顔を判別できていなかったのか？　いつから？　コンビニで買い物したりしているのに？　いつもの店員さんだ、とか考えたりしていたのに？　いや、言われてみれば店員さんの名札を見て、初めて識別していたかもしれない。ということは、名札がなければ店員さんも区別できない……。

「街並失認もあるようです。学校と家との区別がついていないとお父さんは言っていました。すぐ近くのコンビニに行くのが精いっぱいで、それ以上は道に迷ってしまうから行かせられないと」

「道に迷ってパパに助けに来てもらったことは、確かにあります。だけど、それは稀なことで、学校と家を勘違いするなんてことは絶対……」

ないはず。

だけど、言い切れない自分がいる。

さっきの写真も、確かにクラスメイトだと思った。そうしたらアイドルグループだった。それと同じように、私の認識能力がおかしくなっているとしたら。

学校と家を勘違いしていても、それに自分で気づいていなかったら。

「そう、そこが特徴なんです」

混乱する私を落ち着かせるように、先生はあくまで優しい口調で言う。

「特徴？」

「マユリさんは失認している自分を自覚していません。これを『病識がない』と言います。失認を持つ方には、病識がある方も多いです。顔を見分けられないとか、景色が区別できないとか、自分でわかっているケースですね。でもマユリさんはそれだけじゃない。間違いを口にしているのに、疑問にも思わない」

「……先生、私……」

「自分で勝手に埋め合わせているんです。想像で辻褄を合わせている。鏡に向かって話すことがあったそうですね？」

ぎくりとする。それは、ギンちゃんと私だけの秘密なのに。

「笑ったりはしませんので、ぜひ正直に話してください」

「……ええ。でもそれは、鏡に私以外の人が映るからです。彼は私の相談に乗ってくれる、優しい友達で……」

うんうんと頷いて見せてから、先生はきっぱりと言った。

「お父さんは、鏡に向かって独り言を呟く、あなたの姿を目撃しています」

「……」

　こめかみが痛い。

「いいですか。誤魔化しても仕方ありませんので、はっきり言ってしまいます。マユリさんは、鏡に向かって一人二役を演じているだけです。鏡に映るお友達は、マユリさん自身です。鏡の発言は、マユリさんの言葉です」

「そんな、まさか」

「その鏡のお友達ですが、女性ですか？」

「男性です」

「外見は中性的？　マユリさんと同年代なのでは？　利き腕は、逆ですね？」

「……はい……」

「なるほど」と言って先生は椅子に座りなおす。

「おそらくですが、マユリさんは友達が欲しかったんでしょう。それも精神的に追い詰められていたか何かの事情で、早急に必要だった。それで鏡の中に、話し相手を求めたんです。鏡に話しかけて、回答を口にし、それを耳から再度聞いて、二人で会話をしているように偽装する。偽装というのは、他人に対してではありません。自分に対してです。自分で自分を、騙したわけです。それを、ずっと続けてきた。鏡に向かって、部屋でも、公園でも……」

そんな、まさか。

ギンちゃんは、私が作り上げた？　告白も、友人としての相談も、全部私が作り上げて、ギンちゃんという非現実の存在に言わせていた……？

信じられない思いと、何やら恥ずかしい思いで混乱する。

先生はそんな私にお構いなしに、淡々と説明を続けた。

「外見などがマユリさんに近かったり、利き腕が逆なのは、友達のイメージに鏡像を使ったからです。また、お父さんの証言では、特定の鏡でしか友達が現れなかったそうですが……それは鏡に思い入れがあるからかもしれません。特別であるという感覚が、イメージを維持する助けになることはよくあります」

「信じられません……」

「いえ、そこまで珍しい話ではありませんよ。偽装の会話を繰り返し続けると、ある意味で脳が訓練されるんです。イメージに即した最適な回答を、即座に返せるようになるのです。これを『自動化』と言う人もいますね。マユリさんが想像もしなかったことを、鏡の友達が話すこともあったかもしれません。しかしこれも、十分ありえることなんです」

「本当ですか」

「ええ。チベット密教ではトゥルパと言って、作り上げ、自動化したイメージに教えを受けたり導いてもらう、という秘技があるほどです。人間の脳には本当に色んな可能性があるものですね。無意識の中に別の意識が存在している、とでも言いましょうか……」

　先生はちょっと笑ってから、真面目な顔に戻って私を見る。

「さて、どうしてこんな症状が現れているのか、ですが。鏡に映る自分が自分だとわからない、そこまでは相貌失認かもしれない。しかしそこで強引に辻褄を合わせて、鏡と会話をしてしまう。学校に行っていると思い込んでしまう。自分はいつも通りの生活をしていると信じ込んでしまう。これは妄想です。言い方は悪いですが……自分に嘘をついているんです。もう、嘘をついているという自覚もないでしょう。無意識に無自覚に、現実に生まれる齟齬(そご)を妄想で覆い隠しているんです」

　鼻の奥が痛い。

「何か、妄想の原因があるのだと思います。トラウマによるものかもしれませんし、強烈なショックなどがあったのかもしれません。それを忘れるために自分に嘘をつきはじめ、歯止めが利かなくなったという可能性がありますね」

　頭が痛い。吐き気がする。

　頭蓋骨(ずがいこつ)の中に汗が噴き出して、それらが濃縮されて蜂蜜(はちみつ)のようになり、脳の表面を這(は)いまわっている感じがする。

「私……わかりません……」

　私は頭を抱えて、へたり込む。そんな私に先生が言う。

「大丈夫です。慌てないで。トラウマのたぐいは、すぐに解決しようとしてもうまくいきません。ゆっくりゆっくり、氷を手で包んで溶かすように扱うんです。そのためにカウンセリングという手段があって、そのために私が来たわけですからね」

私は先生の顔を見る。先生は優しく微笑んでいる。

「難しく考えなくて構いません。私を信じてください。そして、一緒に色々お話をしていきましょう。そうすれば、きっと良くなりますから」

「先生……」

「一緒に、快癒（かいゆ）めざして頑張りましょうね」

「はい……頑張ります……」

正直、心細かった。だけど先生が、柔らかく笑ってくれている。

それに助けられながら、私はそう答えた。

♂パパ

「どうですか先生？　マユリの様子は」

「ええ、ほぼお話を聞いた通りですね。失認の症状に加えて、病識がありません。でも、私の話はしっかり理解できていますし、受け答えにも問題はありません。マユリさんにはすでにお伝えしましたが、これからカウンセリングを通してゆっくり原因を探っていきます。そして、解決策を探していきます」

「じゃあ、治るんですね？」

「ええ。少なくとも、日常生活を送るのに支障がない状態までには持って行けると思います」

「それは良かったです！」

俺はわざと大きな声で話す。自室に潜んでいるマユリにも聞こえるように。

「俺はマユリが世界の何よりも大切なんです。あいつが幸せであれば、何もいらない。そのためには金も、労力も、どんなものだって惜しむ気はありません。だから先生も、マユリのために最高の医療を施してやってください」

聞いてるか？　マユリ。

俺はいい男だろう？

惚（ほ）れても、いいんだぞ？

「もちろんですとも。ですがお父さん、そこまで気負う必要はありません。くれぐれも、焦ったりはしないでください。こういう精神の病は、ゆっくり時間をかけて治していく必要があるのです。マユリさんを変にけしかけたりしないでくださいね。むしろ、今のままのマユリさんでいい、のんびりやってくれ、くらいの気持ちでいてあげることが大ます」

事です。それが最終的にはいい結果をもたらします」

「わかりました。俺は、あいつを幸せにしてやりたいんです。焦らせたりだなんて、するつもりはありません。先生にお願いして、本当に良かった。どうぞよろしくお願いします」

俺は演技を続ける。頼もしい父親の演技。その中に、マユリを想う純粋な気持ちを混ぜる。先生と話すと言うよりは、マユリに語りかける感覚で。

「はい。まだ、始まったばかりですからね。今日は、今後の治療方針を話した程度です。本格的なカウンセリングはこれからですので……」

「明日もお待ちしています。同じ時間でいいですよね？」

「ええ。では同じ時間に参ります。それでは、私はこれで失礼します」

「どうもありがとうございました」

ばたんと扉が閉まる。

俺は扉に鍵をかけながら、二階を仰ぎ見る。

マユリの部屋から物音はしない。だけど、聞こえているはずだ。

俺の言葉を聞いてマユリがどう思ってるか想像して、俺は一人ほくそ笑んだ。

§マユリ

私は部屋に入るなり、ベッドに倒れ込んだ。凄く疲れていた。

パパが私を病気だと言い、先生も私を病気だと言う。

私が病気なのは間違いないようだ。

パパが私を騙していると思ったけれど、違った。

自分で自分に嘘をついてきた？　無意識のうちに？　そんなのおかしいじゃない。自分すらも信じられなくなったら、何を信じて生きていけばいいの。

私は左の掌をじっと見る。複雑に皺が刻まれたその形。眺めているうちに、ヒトデのような軟体生物に見えてくる。

指を少し動かしてみる。顔に近づけたり遠ざけたり、繰り返してみる。

そのうちどこかで私の意思を離れ、左手が自分の意思で、私の顔を鷲掴みにしようとし始める。そんな気がする。自分の体が、自分でなくなる。私の一部が私を超える。

そんな異常な状態……が、今の私。

声が階下から響いてくる。パパの声だ。先生と何か話している。

いつもより声が大きい。興奮しているのだろうか。私のことを心配してくれているのがわかる。ありがたいな、と思う。でもうるさい。

ただでさえ疲れているのに、頭の奥に響くような大声だ。眼球の裏側が痛い。

パパは悪い人ではないのだろう。

今まで病気についてはっきり言わなかったのも、私がショックを受けると思ってのこと。病気の私を助け、ご飯を用意し、育て続けてきた。男手ひとつで。道に迷ったら助けてくれ、私が奇行に走っても、静かに見守っていてくれたことになる。

パパの愛情は、わかる。わかるけれど。

ギンちゃんは言っていた。人の心は一皮むけば深海だと。まさにその通りだ。私自身が気付かないうちに深海にはまっていた。

でも、ちょっと待って。ギンちゃんは実在しなかった。私が都合よく作り上げた存在だった。ということは、ギンちゃんの言うことを信じてはいけない？　ということは、深海の話も信じてはいけない？　ということは、今の状況は……？

混乱する。

先生は、あまり難しく考えすぎるなと言っていた。

考えないようにしよう。

先生は信頼できる感じの人だった。優しくて、ゆっくり私の話を聞いてくれて、決して強制しない。パパとは違う。

パパの声がずっと続いている。

ぎゃーぎゃーぎゃーぎゃー、私が世界で一番大切とか、うっとうしい。

愛情はありがたい。けど、自分勝手な愛情を押し付けてくるパパは、あまり好きじゃない。それよりも客観的に私を見てくれる先生の方が、いい。

大丈夫。先生は言っていた。先生のカウンセリングをちゃんと受けていけば、必ず良くなると。それを信じて頑張っていこう。

次に先生に会うのが、待ち遠しい。

私は目を閉じて、先生の顔を頭の中で想像した。

うまく思い出せなかったが、眼鏡と白衣がぼんやりと闇に浮かんだ。

♂パパ

今日の夕食時、マユリは俺にありがとうと言った。

病気について考えてくれて、今までお世話もしてくれて、そして医者も手配してくれたことについての、『ありがとう』なのだろう。

俺は素直に礼を受け取った。その上で、「気にするな。お前の幸せは、俺の幸せでもあるんだ」と言うことも忘れなかった。マユリは少し笑ってくれた。

明らかにマユリは俺にも、俺が手配した先生にも、好印象を抱いている。

よし。

早く、恋愛感情に発展してくれるように祈ろう。

今のところ、うまくいっている。先生とマユリの関係も良好だし、俺の演技にも感づかれていないようだ。だが、油断は禁物。マユリに黒い欲望を気取られぬよう、細心の注意を払わねば。

俺は夕食の後片付けをする。最初は面倒くさかった皿洗いも、慣れてくると平気になるものだ。

マユリは食事とトイレ以外、ほとんど部屋から出てこない。

いきなり病気だのカウンセリングだのと言われて、頭が追いつかずにいるのだろう。無理もない。その心の隙間が狙い目だ。ここで頼れる男が現れれば、次第にマユリの心は傾いてくるはず。その時を辛抱強く待つのだ。

キッチンに電子音がする。

風呂が焚（た）けた合図だ。

二階のマユリに「お風呂に入りなさい」と言おうとして、俺はやめる。

いけないいけないいけない、忘れていた。自分の鞄から箱を取り出す。一見化粧品か何かの箱に見えるが、中に小型のビデオカメラが仕込まれている。充電池で動き、ある程度なら自動でピントも合わせる優れものだ。そいつのスイッチをオンにし、脱衣所に置く。

マユリの身長から考えて、洗面台のこのあたりに置けばちょうど全身が映るだろう。よし。

準備を終えてから、俺は呼びかける。

「マユリ、お風呂がわいたぞ。先に入りなさい」

返答はない。もう少し大きい声を出す。

「聞こえてるのか。マユリ、お風呂に入りなさい」

「はあい」

少し間延びした返事が聞こえた。ぐずぐずせず、早く入ってもらいたい。

カメラの充電池は一時間ほどしか持たないのに。

§マユリ

一晩眠ると、いくぶん頭もすっきりした。

制服に着替えようとして、パジャマを脱ぐ。だけど、ふと思う。

学校に行く必要はないのに、着替えだけしても意味がないんじゃないか。

そもそも私はいつから学校に行っていないのだろう？　よくわからない。実際に学校に通っていた日々は、どこからか嘘に塗れてしまっている。境目が思い出せない。

「マユリ。起きなさい」

突然ドアの向こうから声がして、私は飛び上がる。

「マユリ、おい」

がちゃりと音。ドアがうっすら開く。

「やめてよ、パパ、入って来ないで！」

私は叫び、ドアを閉める。着替え中なのに。本当にわけがわからない。パパは遠慮がなさすぎる。気持ちが悪い。

「ああ、起きてたか、すまん。もうすぐ先生が来るぞ。カウンセリングの時間だ。早く朝食を食べて、準備しなさい」

「わかってる！」

私が乱暴に言うと、パパはしばらく沈黙してから階段を下りて行った。イライラする。

カーテンを開く。

と、そこにメッセージカードが一通。またか。あのストーカーだ。ちっとも懲りてない。いい加減にしてほしい。何もかもが気に入らない……。

私は中身も読まず、メッセージカードをゴミ箱に捨てた。

気分の悪い朝。

「それは災難でしたね」

先生は私の愚痴に、優しく笑ってくれる。

「本当にパパったら、馴れ馴れしいんです。嫌だって言っても、全然聞いてくれなくて……」

「いつまでも子供だと思ってるのかもしれませんね。もう、立派な大人なのに」

「そう！　本当にそうなんです」

先生は私を大人扱いしてくれる。それが嬉しい。

「マユリさんは、お父さんが苦手ですか？」

「そう……ではないんです。ただ、パパにはもっと娘との距離感を、考えて欲しいんです」

「距離感が近いんですか？　遠いんですか？」

「近すぎるんです。馴れ馴れしいですし……私の気のせいかもしれませんが、何だか恋人みたいに扱われる感じもするんです」

「えっ、恋人みたいに？」

「今はやめてもらってますが、前はお休みのキスを毎日されてました」

「お休みのキスですか。それはほっぺに？」

「違います。口です。舌を入れられたこともあります。凄く嫌でした」

先生はふーむとうなり、考え込む。私はそこで我に返る。

「あ、すみません。カウンセリングとは全然別の話でした……」

「いえ、いいんですよ。もっと気楽に構えてください。こうして色々とお話する中で、マユリさんの心が整理されたり、問題点が明らかになったりするのです。続けましょう。お父さんとの距離感は、いつごろから気になり始めました？」

「えーと……」

「慌てなくていいので、ゆっくり、話してみてください」

「それが、良く思い出せないんです。いつの間にか気になっていたという感じです。なので最近でしょうか」

「なるほど。お父さんのことを怖いと感じることは？」

「うーん、いつもではありませんが……たまに、あります」

「どんな時でしょう？」

「たまに、私を見る目が怖いんです」

「……目が怖い、ですか」

「うまく言えないんですけど、何ですかね、獲物を狙う獣みたいな……」

自分で口にした言葉に、頷く。

ああ、そうだ。

たまに、獲物を狙う獣だ。パパの目は。

優しく笑いながらも、目だけが光っている。

♂パパ

「あ、先生。お帰りですか」

「ああ、お父さん。先ほど終わったところです」

「今日もありがとうございました」

俺はできるだけ大きな声を出す。同時に、言葉を慎重に選びながら話す。この間のように、この話をマユリに聞かせるのだ。つまり、辻沖エイスケは先生とマユリと、二人を相手にして会話する形になる。どちらにも違和感がないようにしなくてはならない。

「どうですか？　マユリの具合の方は」

「そうですね、順調ですよ」

「マユリは、俺のことを何か言っていましたか？」

少し危険かもしれないが、俺はそう聞く。

「……そうですね。心配をかけて申し訳ないと言っていましたね。お父さん想いの、優しい娘さんですね」

俺は笑う。

「そうでしょう！　本当にいい子なんですよ。だから俺は、あの子を絶対に幸せにしてやりたいんです。俺の全てをなげうってもいいんです。本当にそう思ってるんですよ」

ここぞとばかり、気持ちを込めてマユリにアピールする。

「ええ、そのお気持ちはよくわかります。マユリさんも、素敵なお父さんに恵まれて幸せでしょうね。ですが……」

「父親だからじゃ、ないんです。確かに親としての愛情も強くあります。だけどそれだけじゃない。俺は一人の人間として、男として、あいつを大切に想ってるんです」

「……なるほど。男として、ですか……うーん、それは……」

「何か？」

「いえ。ただお父さん、愛情はあまりに表に出しすぎると、相手の負担になることもあります。ましてやマユリさんは、心がまだ不安定です。ですのでさりげなく、愛情を向けることを意識してもらえますか？」

先生はあくまで穏やかな声を崩さない。俺は逆に熱を込めて話す。口調の対比が、マユリに通じるように。俺がこんなに情熱的にマユリを想っていることが、わかるように。

「了解しました。あいつのためだったら、俺は何だってやりますとも。先生、要望があったらどんどん言ってください。俺はね、貯金がかなりあるんです。時間にも都合がつきますし……」

「ありがとうございます。何か必要になった時には、相談させていただきますね。まずは、ゆっくりと見守ってもらえれば大丈夫だと思います」

「わかりました！　それでは先生、明日もよろしくお願いします！」

「ええ。では、失礼しますね」

扉が開き、閉じる。

これで今日の演技も無事に終了だ。ふうと息をつき、鍵をかける。

うまくマユリにアピールが届いているといいのだが。

夕食までにはかなり時間がある。買い物に行く前に、ビデオ鑑賞でもするか。


俺は書斎に入り、内鍵をかける。回収した小型ビデオカメラをコードでパソコンに繋ぎ、動画再生ソフトを起動する。イヤホンを耳につけ、再生ボタンを押す。

……素晴らしい。

画面には俺が愛する女の姿が映し出されていた。

カメラの位置も良かった。ばっちり、顔から太ももあたりまで撮れている。憂いを帯びたまつ毛、光沢を放つ黒髪。マユリはどこか寂しそうな仕草で一枚ずつ衣服を脱いでいく。ブラウス。シャツ。スカート。パンツ。ブラジャー。

毎日のように撮影して見ているので、脱ぐ時の癖なども覚えてしまった。下着は下半身から先に脱ぐのに、上着は上半身から脱ぐことなども。

そしてブラジャーのホックを探る時、少し斜め下を見るその顔が、俺はとても好きだ。肌が露わになっていく。つやつやの肌、柔らかそうな肉。ピンクと茶の中間あたりの乳首、そして大きめの乳房。薄い体毛と、なだらかな曲面。

俺は舌なめずりをする。

下品だと思いながらも、つい唾液が出てしまう。それを飲み込んで、なおも画面に食らいつく。

マユリは短めの髪を、ピンでとめる。脇がちらりと見えた。そこに腕を突っ込んで、思い切り抱きしめたくなる。歯を食いしばる。俺の性器が熱くなる。邪悪な血が、下半身に集まっていく。手が、ゆっくりと机の下へと進んでいく。

自慰をしようとして、しかし俺は思いとどまった。

できない。性欲はある。俺も健康な男性だ、それもここ数年はずっと欲望を解放していない。性欲は抑えきれないくらいにある。

だが、できない。

俺は両手で顔面を覆い、深くため息をつく。してはならない。

あいつは今、俺を父親として慕っているのだ。そんなあいつに欲望をぶつけるなど、俺にはできない。それはやってはならないことだ。どれだけあいつを傷つけることになるか。

俺はゆっくりと呼吸をし、心を落ち着かせてから動画を止める。

愛する女を傷つけたくはない。俺の欲望よりも、それは優先される。

猛烈な自己嫌悪が、襲ってきた。俺はこのままでいいのか。いや、いいはずがない。

このままでは、いつかマユリを襲ってしまう……。

ダメだ。我慢しろ。今は我慢するんだ……。

俺は自分に言い聞かせた。

§マユリ

パパはあんなに大声で話す人だったろうか。

ベッドに寝転がりながら私は思う。

先生は帰る時、いつもパパと玄関先で会話する。その声は私の部屋にまで届いてくる。

家の構造上、玄関の音はここまで響きやすい。だから先生とパパの会話が丸聞こえなのも、不思議ではないが……パパは無理に声を張り上げているような気もする。

先生の穏やかな受け答えと比べると、一層顕著だ。

まるで私に、聞かせようとしているみたいだ。

パパの、勝手な愛情についての話を。

背中がぞくりとする。

「俺は一人の男としてお前を愛している」はパパの好きなフレーズだ。昔からよく言われてきた。それだけ大切なんだぞ、くらいの意味だと受け取っていた。しかし最近、本気で言っているのかもしれないと思う。

なんだろうこの感覚。肌がざわざわする。パパのことは尊敬している。私を守ってくれる、男性だ。そのパパが私を子供としてではなく、女として見ている……それに対する、何とも言えない気持ち悪さ。

でも、別の感情もある。それは優越感。パパが私を選んでくれた。消えてしまったママではなく、私を。私自身を。そう考えると、心のどこかがほっと安らぐ。これは何なのだろう。

よくわからない。頭が混乱する。そもそも、ママはどうして消えてしまったんだっけ。思い出せない。パパはどうしてママを追わず、私ばかりに執着するのか。わからない。

「お父さんとの関係にお悩みなのは、わかりました。私の方でもお父さんの考えをそれとなく、探ってみます。力になれるかもしれませんし、ひょっとしたら過去の家族との出来事に、マユリさんの病気の原因があるのかもしれません。心配しないでください、私はいつもマユリさんの味方ですよ」

先生は今日、そう言ってくれた。

優しい先生。

先生を信じよう。今頼りになるのは先生だけだ。他のことは考えないようにしよう……。

「マユリ。そろそろ夕食の準備をするぞ。魚と肉、どっちがいい？」

パパの声がした。

「……どっちでもいいよ」

私は答える。なぜか、心臓がばくばくと脈打つ。

「わかった。じゃあマユリの好きな肉にしよう。三十分くらいでできるから、そしたらまた声をかけるよ」

パパの声、パパの服、パパの臭い。色んなものが頭に浮かぶ。どきどきする。緊張する。嫌悪感が半分、妙な安心感が半分。

何か、パパとの関係に変化が起きている気がする。それがいいことなのか、悪いことなのかわからない。

「今日は疲れたから、お風呂に入らないで寝るよ」

夕食後、私はそう言った。パパは少し驚いて、口を開いた。

「お風呂くらいは入ったらどうだ」

「ううん。疲れたからいい。もう寝たいの」

「しかし、リラックスできるぞ。今日はマユリの好きなローズの入浴剤も買ってあるから……」

「ありがと。でもごめん。今日はいい」

パパは残念そうな顔をした。しかしすぐに笑い、言う。

「そうか。じゃあゆっくり休みなさい」

「うん。お休み、パパ」

パパは私におやすみのキスをしたそうだった。私も、それくらいしなくてはならない気がした。ここ数日の私は家の手伝いもせず、毎日カウンセリングを受けるだけ。他には何もしていない。パパと先生に甘えて過ごしている。そんな私は、少しでもパパに恩返しをするべきなんじゃないか。

だけど、しなかった。

おやすみのキスをしたら、何かがまた一つ壊れる気がした。

「じゃあまた明日」

私は階段を上った。

自室のカーテンをめくると、またもメッセージカードがあった。例のストーカーだ。気持ちが悪い。ため息をつきながらも、私はカードを手に取った。それを読んでみようと思った理由は、よくわからない。どこにも行けない、閉鎖的な毎日に飽きていたからかもしれない。

とにかく私はそのカードを読んだ。あのコンビニ店員の丸文字が並んでいた。

マユリへ

こないだはごめん。でもわかってるよ、安心して。マユリが僕に嫌われるために一芝居打ったということは、わかってる。

でも気づくまで少し、ほんの少しだけ時間がかかってしまった。その間、君との絆(きずな)を疑ってしまったことをどうか許してほしい。

最近はコンビニに行かないんだね。公園でも見かけないよ。たまに窓から姿が見えるだけで寂しいな。

父親に閉じ込められているの？　もし望まずに軟禁されているんだったら、言ってくれればいつでも助けに行くからね。僕を頼っていいんだよ。もし僕にメッセージを送りたかったら、手紙を窓に貼り付けておいてね。

じゃ、またね。愛してるよ。

君の王子様、リョウタより

相変わらずの勘違いっぷりだ。

はあとため息をついてから、私はカードを丸めてゴミ箱に放り込む。

前はこの人が怖かったが、今はそれほどでもない。パパと先生ががっちり私を守ってくれているからかもしれない。安全圏から見ていると、何だか手紙が滑稽にすら感じられる。

この、リョウタという人物の情熱はどこから来るのだろうか。

ほとんど会話したこともないのに。一目惚れというものなのだろうか。そんなに私が好きなのか。

男って、みんなよくわからない。

♂パパ

食材を買い込み夜道を歩いていると、声をかけられた。

「辻沖エイスケさん、ですね？」

振り返ると、俺より少し背の低い男が自動販売機の陰に立っている。年齢は二十代後半くらいだろうか。

無視して歩き去ろうとすると、また「エイスケさん、ですよね」と言う。なんだか嫌な感じがした。

「そうだけど。君は誰だ」

「ちょっと聞きたいことがあります」

男は俺の進路を遮るように、ずいと一歩前に踏み出した。俺はあたりを見回す。人通りはなかった。喧嘩を売られているのだとしたら、厄介だ。

「道なら警察に聞けばいいだろう」

「そんなことじゃありません。あなた、女性を家に閉じ込めているんじゃないですか」

どきりとする。なぜ、それを知っている。こいつは何者なんだ。

「一体、君は……」

「僕はマユリの味方です。あなたが、マユリの自由を奪っているのは知っているんです」

「マユリには、治療が必要なんだ。外出は難しい。だから家で世話をしているだけのことだ。家族の面倒を見て、何が悪い」

俺は一歩後ずさりする。

男はしばらく俺の目をじっと見つめていた。

「本当ですか」

「当たり前だ。犯罪者のように言われては困る」

「……まあいいでしょう。だけど、嘘だったら許しませんから。もしマユリが嫌がっているとしたら、僕はマユリを救い出します」

「君は何なんだ？」

「何度も言ってるでしょう。マユリの味方ですよ。覚悟しておいてください、彼女には僕がついているんです。よく考えて行動することですね」

「変なことをするつもりなら、警察に言うぞ」

男は答えず、最後にもう一度俺を睨みつけると、立ち去った。

男の背中が夜闇に消えた後も、俺はしばらく立ち尽くしていた。足が震えていた。何なんだ、あいつは。

俺は慌てて家に帰る。

何度も何度も振り返りながら。

§マユリ

朝になりカーテンを開くと、またもメッセージカードがあった。昨日見たばかりなのに。夜の間に置かれたということだ。執念深い。私はカードを手に取る。往来を見回したが、人影はなかった。どうせまた、自分勝手な愛の告白なんでしょ。そう思いながら開く。

マユリへ

先日の手紙、見てくれたかな？

君は父親に騙されて閉じ込められているんじゃない？　そうとしか思えないけど。僕はいつでも助けに行くよ？　遠慮はいらない。

僕は君を愛してる。君が僕を愛してるようにね。二人の絆を引き裂こうとする父親は許せない。

マユリのことだから、父親も大切に想っているのかな。だから反抗できないの？でも、理解してよ。マユリはもう、立派な大人だよ。

一人で生きていく能力と、資格を持っているじゃないか。世の中を見てみなよ。マユリと同じ年で自立している人なんていくらでもいる。

父親がいつまでも君を子ども扱いするのは、間違っているんだ。僕は君を一人の大人の女性として、愛しているんだよ。

君の王子様、リョウタより

やっぱり、相変わらずだ。むしろ妄想は加速している。パパを、恋を引き裂こうとする邪魔者だと考えているらしい。

何だか似ている。パパと、リョウタの考え方。私への自分勝手な愛情の押し付け方。

パパも、リョウタも。

どっちも嫌だ。


「おやマユリさん、今日は早いですね」

先生はにっこり笑いながら、室内に入ってくる。眼鏡の奥の瞳(ひとみ)は、いつものように優しげだ。

「おはようございます、先生」

「では、昨日の続きからお話していきましょうか」

そう言ってから、先生はしばらく沈黙した。何から話していくか、迷っている様子だった。私は先に口を開いた。

「先生、パパの考えてること、聞いてくれましたか？」

「お父さんの考え？」

「パパとの距離感について、相談したじゃないですか」

「ああ、そうでしたね。探りは入れてみました」

「どう思います？」

「そうですね……やはり、過保護な面があります。それだけマユリさんを心配しているのだと思いますが」

先生は慎重に言葉を選びながら話している。

「先生。男の人って、好きな女の人に対してどういうことをするんですか？」

「不思議な質問ですね。でも、考えてみます……やっぱり守ってあげたいとか、助けてあげたいとか、思いますね」

「相手がそれを望んでいなくても、ですか？」

「……いいえ。相手の意思が最優先ですね。好きな人が笑顔でいてくれることが、一番ですから」

「それは、親が子に対して向ける愛情と同じですか？」

　先生は首をひねる。

「私に子供はいませんが……おそらく、違うと思います」

「どういう風に？」

「恋人には、自分のことを好きになってもらいたいです。子供に対しては、それを求めません。もちろん嫌われるよりは、仲良くありたいですが。それよりも、子供が幸せになることが大事です」

「なるほど」

　私は悩んでから、口にする。

「あの……先生。これからする話、パパには言わないで欲しいんですけど……」

「はい、大丈夫ですよ。この診療室での話は、私とマユリさんだけの秘密です……何か、大事な話ですか？」

「私のパパは、私を恋人として見ている気がするんです」

「……」

「パパは、私の前でかっこつけてる気がするんです。こんなにマユリのことを考えてる男なんだよって、アピールしてくる気がするんです。私の自意識過剰なのかもしれませんが。でも、冷静に考えてみて、そう思うんです」

「……なるほど。お父さんの考えがどちらかはわかりませんが、マユリさんがそう感じているというのは、問題ですね」

「先生……私、ある男の子に恋愛感情を持たれているみたいなんです」

「ん？　それは、お父さんとは別ですか？」

「はい、そうです。その男の子は私がよく行くコンビニの店員だったんですけど、一時期はつけ回されたりしました。ほとんどストーカーです」

「それは初耳です」

「で、彼は私の部屋にたまに手紙を置いて行くんです。部屋と言っても室内じゃないですよ、窓の外に貼り付けていくんです。たまにそれを私も読んだりするんですけど。言ってることや内容が、パパに似てるんです」

「ふむ」

先生は色々と言いたいことがありそうだった。しかし、黙って私の話の先を促す。

「どこがどう似てるか、うまく言えないんですけど。勝手に自己完結しちゃってるところとか、私の反応を細かく窺ってくるところとか……似てるんです。だから、パパも私に恋愛感情を持ってるんじゃないかって、考えちゃうんです」

「なるほど、よくわかりました。話してくれてありがとうございます」

「私、私……どうしたらいいか、わからなくって。こんなこと相談できるの、今の私には先生くらいしかいなくて」

「いいんですよ。何でも相談してください。まず、お父さんの件。これに関しては、私がはっきりお父さんに言いましょう。きちんと説得して、マユリさんが嫌がるようなことはやめさせますよ」

「本当ですか？　ありがとうございます！」

「お礼などいりませんよ。これが仕事なんですから。マユリさんからは、言いにくいことなどもあるでしょうしね」

頼もしい。私はほっと息をつく。

「それから、ストーカーの人ですね……その彼は、いまだに手紙を置いて行くわけですよね？」

「はい。それ以上、何をしてくるわけでもないのですが」

「うーん、不気味ですね。これに関しては、お父さんと一緒に相談させてもらうかもしれません」

「パパと相談？」

「不審者が家の周りをうろついているのは、防犯上よくないですからね。お父さんに伝えて、見張りでもしてもらった方がいいと思いまして」

「そう……かもしれませんね」

「ええ。その点も含めて私からお父さんに話しますよ。マユリさんは、ご心配なく。私たちにお任せください」

先生はにっこりと笑って、胸をどんと叩いて見せた。

私もつられて笑う。

「ありがとうございます！」

先生は本当にいい人だ。私の意見もちゃんと聞いてくれるし、パパみたいに否定だけすることもない。うまくパパを説得してくれそうだ。

「私はいつも、マユリさんの味方ですからね」

微笑む先生を、私は見つめた。

♂パパ

「先生、今日もありがとうございます」

俺はいつものように先生に呼びかける。

「お父さん。少し、大事な話があります」

「何ですか？　改まって……マユリのためになる話なら、何でも」

先生は少し沈黙してから、口を開いた。

「……お父さん。単刀直入に聞きますが、マユリさんに恋愛感情を抱いているのではありませんか？」

ぐっと唸る。

いくつかの感情が俺の中で走り抜ける。それらをゆっくり呑みこむようにして……かなりの間を置いてから、俺は口を開く。

「……ええ。実は、そうなんです」

俺は大きなため息をつく。

「やはりですか」

「先生にはおわかりだったんですね」

「薄々と、でしたが。私だけでなく、マユリさんも違和感を覚えていますよ。そして……はっきり言わせていただきますが、嫌がっています」

「……」

「マユリさんは決して、お父さんが嫌いなわけではありません。しかしそれは、あくまで親子としての親愛の情なのです。それ以上を要求されても、戸惑うばかりなのです」

「そう、なんですか……」

俺は床に座り込む。がつんと、膝がぶつかって音を立てた。

「戸惑い、それから嫌悪感。父親への愛情。それらが交錯して、マユリさんは悩んでいます。彼女は難しい問題に直面し、耐え続けているのです。病気の身で、ですよ」

「……お恥ずかしい限りです……」

「倫理的にどうとか、恋愛感情は自由だとか、そういう話はしません。ただ、このままでは、お父さんとマユリさんの間に大きな溝を作ることになってしまいます。マユリさんの治療にも、悪影響があるでしょう。これは医者として、放っておくことはできない問題です」

「俺は……俺はあいつを、愛しているんです。この気持ちに嘘はつけません。ですからあくまで自然な形で、男として見てくれたらと……そしていつか、恋人同士になれたらと、思い続けてるんですが」

先生はきっぱりと言う。

「お父さん。それは不可能です。親子という時点で、マユリさんが自然な恋愛感情を向けることは、ないのです。繰り返しますが、マユリさんは悩み、傷ついています。このままだと恋人同士どころか、親子の絆すら失うことになってしまいますよ」

俺はすすり泣きながら言う。

「……わかってます。理性ではわかってるんです。だから、今まで絶対に手は出さないようにしてきました。俺は、あいつを傷つけたくはないんです。愛する女ですから……でも、他にどうしていいか、自分の感情の持っていきかたが、わからなくて……」

「お父さんの気持ちはわかります。しかし、リスクを取っても恋人を目指すか。それとも、今のままの親子関係を続けるか。どちらがいいでしょうか？　マユリさんのことを本当に思うのなら、どちらが？」

先生の声はあくまで冷静だ。

「……あいつが、傷つかない方がいいです」

俺は子供のように泣きじゃくりながら言う。

「……俺は、怖いんです。このままじゃいつか、あいつを襲ってしまいそうで。あいつをひどく傷つけてしまいそうで……自分が、怖いんです。時々どうしようもなく、むらむらとくることがあって……このままじゃ……」

「お父さん。よく言ってくださいました。そうですね、このままではお互いのためにも良くありません。マユリさんのことを思うなら、お父さんは身を引くべきです。恋愛感情は抑えて、あくまで父としてそばにいるべきでしょう」

「そうですよね……。俺は、誰かにそう言ってもらうのを待っていたのかもしれません。自分では、なかなかそれができなくて。これだけそばにいると、難しいというか」

「それでしたら、マユリさんを入院させる。もしくは何らかの形で自立させて、お父さんのそばから離す。そういった方法を取るのがよいかもしれません」

「はい……」

俺はそこで切り出す。

「……先生。マユリを、もらってくれませんか？」

「ええっ？」

先生は大げさに驚く。

「先生のような人物なら、俺も信頼できます。マユリが、先生と一緒になって幸せになるなら、悔いはありません。それに、誰かのものになった方が、俺もはっきりと諦めがつくんです……どうでしょうか」

「お父さん。それは少し、気が早すぎるのでは」

「無茶なことを言っているのはわかってます。でも、俺は本気で考えているんです」

「いえ、マユリさんは素敵な女性ですが。しかし、本人の気持ちも聞いてみないことには」

「……つまり先生は、ＯＫということでよろしいですね？」

「いえ、私は……」

「先生も独身ですよね。それにまだお若い。何もいきなり結婚、でなくても構いません。結婚前提での、お付き合いということでいかがでしょう？」

「しかし」

俺は畳み掛ける。

「満更でもなさそうじゃないですか。マユリにも聞いておきます。そうだ、どうして今まで考えつかなかったんだろう。これが一番いい方法ですよ」

「うーん、そうですか……もちろん、マユリさんの気持ち次第ですが……」

「先生、はぐらかさないでください。どうですか？　この案」

「私で良いのだったら……協力させていただきます」

先生は少し恥ずかしそうな声だ。

「おお、そうですか！」

「あの、何度も言いますが。マユリさんの気持ちが最優先ですよ？」

「ええ、俺もそれは同じです。無理強いするつもりはありませんので。ではマユリに聞いておきますね。じゃあ先生、今日もお世話になりました」

「ああ、そうだお父さん。もう一つお伝えしたいことが」

「何でしょうか」

「カウンセリングの最中、マユリさんが気になることを言ったんです。ストーカー気質の男が、マユリさんをつけまわしているとか。そして、手紙をたまに窓の外に置いて行くそうです」

「何ですって……？　いや。でも俺も、心当たりがあります。こないだ俺、『マユリの味方』を名乗る男に呼び止められて……」

「その人物かもしれませんね。しばらくは戸締りに気をつけてください。場合によっては警察にも通報しておいた方がいいかもしれません」

「わかりました……今日から俺、夜中には見張りをします」

「大丈夫ですか？　無理のない範囲で」

「平気ですよ、これくらい。マユリのためですから。先生、色々とありがとうございます。それでは」

「はい。では、また明日お伺いします」

「ありがとうございました！」

俺は頭を下げる。ドアが閉まる。

ふうと息をつく。

……これで良かったんだ。良かったはずだ。

俺は自分に言い聞かせる。

肩に乗っていた大きな重しが、外れたような気がした。

§マユリ

急展開にもほどがある。

自室でパパと先生の話を聞いていた私は、心臓の高鳴りを抑えられなかった。

パパが私を本当に好きだった。でも、父として私を諦めると言った。

それだけじゃない。先生に、私をもらってくれと言った。

先生はそれに対して、満更でもなさそうな反応……。

信じられない。

頭がついていかないよ。

先生と付き合う？　結婚する？　私、まだ高校生だよ？

でも、先生……。

いい人だよね。

パパよりも、リョウタよりも、ずっと。優しくて、頭が良くて、親切で。

どうするの、私。自分に問いかける。

胸がどきどきする。落ち着いてものが考えられない。


「……マユリ」

夕食の時、パパが口を開いた。私は、来た！　と思った。

「何？　パパ」

「お前、先生のことどう思う？」

「先生？……信頼できる人だよ」

よくわからない振りをしてみる。しかしパパが何を言いたいのかは、わかっている。

「先生のお嫁さんになる気はないか」

「……」

やっぱり。

「マユリ。パパは、お前のことが大切だ。大切過ぎて、お前を縛り付けるような真似もしてきてしまった。でもパパは、お前を傷つけたいわけではないんだ。信頼できる男性と一緒になって、幸せになってほしいんだよ」

「パパ……」

「先生はとても誠実な人だ。頭もいいし、経済力もある。そしてな、今日探りを入れてみたんだが、先生もマユリを好ましく思っているようなんだ」

どきどきする。先生が、私を想っている。

これまで先生は、尊敬できる男性以上の何者でもなかった。しかし、そう言われると、何だか意識してしまう。

「もちろん、すぐに結婚とか、そういう話じゃない。お前は病気の身だし、何よりまだ学生だ。だけどな、先生と結婚を前提に、お付き合いするのはどうだろう？　そして、俺はお前から少し距離を置く」

パパは自分の気持ちを抑えるように、ゆっくりゆっくりと話していた。

「俺はお前のそばにいすぎた。お互いに不幸になってしまう。俺は、それは避けたい。先生ならお前の病気を理解してくれるし、大切にしてくれるはずだ。どうだろう……悪い話じゃ、ないと思うんだが」

「……急な話すぎて、ちょっとどう考えていいか、わからないよ」

パパは頷く。

「まあ、そうだろうな。慌てて決める必要はない。ゆっくり考えて、結論を出してくればいい」

「でも、パパがそう言ってくれて、なんだかほっとした」

「マユリ……」

「私、ずっと不安だったの。パパとうまくやっていけない気がして。だけど、何だかうまくいく気がしてきた」

「そうか……それは良かった」

「先生との話、真面目に考えてみるね」

私は言う。

パパは、笑った。その奥に色々な感情が潜んでいそうな、笑みだった。

先生と付き合う。結婚する。パパと離れる……。

それは全く新しい発想だった。そして、とても魅力的だった。

まだ先生に異性としての特別な感情はない。だけど、心の奥で何か湧き上がってくるものがある。意識し始めている。明日先生の顔を見るのが、少し恥ずかしい。

浮かれていた。

足元がふわふわして、重力が弱まったようだった。

心に余裕ができている。何もかも、これで解決する。出口のなかった洞窟（どうくつ）の天井が割れ、光が差し込んできた……そんな気持ち。

一つだけ気がかりなのが、リョウタの存在だ。

彼は相変わらず自分勝手な勘違いで、私に愛情を寄せている。

諦めてもらわなくてはならない。

私は寝る前に、メモ用紙にペンを走らせていた。簡単に文章を書く。そしてそれを折りたたみ、窓にテープで貼り付けた。

心配してくれてありがとう。でも私、気になる人ができたようです。
なので、もう大丈夫です。私のことは、諦めてください。

マユリ

リョウタへの返事だ。これを見て、身を引いてくれればいいのだが。

それから私はベッドに入る。

久しぶりに気持ち良く、眠れた。

♂パパ

深夜の二時を過ぎた。さっきから眠くてあくびばかり出る。

ブラックのコーヒーをぐいと飲む。全然眠気は消えない。本当にコーヒーには覚醒(かくせい)作用があるのだろうか。嘘としか思えない。

俺はまぶたの上を指で押さえ、ふうと息をつく。

マユリの件はひと段落ついた。後は先生とマユリを、少しずつ近づけていけばいい。

それですべては解決する。

……やれるだろうか。

心に不安がよぎる。

ここが正念場だ。俺の中には依然、男としての欲望がある。マユリを我が物にしたいという欲求。めちゃくちゃにしてやりたいという欲求。抑えられないほどに。

それと同じくらい、マユリに幸せになってほしいという気持ちがある。

葛藤だ。ぶつかりあう感情、ほとばしる火花。それらを押し殺しながらマユリと接しなくてはならない。そう、俺は父を演じなくてはならないのだ。

……やれる。

大丈夫だ。俺は自分に言い聞かせる。

マユリの前からパパが去り、先生と一緒になる。それが一番いい、マユリにとっても、俺にとっても。そこまでの道のりは厳しくとも、実現させる価値のあることだ。

やれる。

大丈夫だ。俺はやれる。

懸念事項があるとするなら、他のこと。

……あいつだ。あの『マユリの味方』。

マユリにストーカーのごとく付きまとっている上に、手紙まで置いて行くという。マユリが好きなのだろう。

やつの恋を成就させるわけにはいかない。マユリはストーカーを嫌がっているようだから、大丈夫だとは思うが。マユリから俺が去った後、先生でなくストーカーとくっつくという結末だけは、絶対にダメだ。全力で阻止しなくては。

ふと、物音がした。俺は首を伸ばし、窓の外を窺う。

やつか？

しかし、異常は見られない。コウモリか何かがぶつかったのかもしれないな。

俺はリビングルームのソファに戻る。この部屋はマユリの部屋から見て、真下にあたる。ストーカーがマユリを狙っているのなら、ここから見張っていれば捕まえられるはずだ。

俺はソファに横たわり、本を開く。

……眠い。

文章が全く頭に入ってこない。


体がびくっと震えた。

俺はがばと跳ね起きる。しまった。寝てしまった。時計を見ると十分ほど時間が飛んでいた。徹夜するつもりだったのに。慌てて外を見る。何も変化はないようだ。ほっと息をつきかけた、その時だった。

がたんと音がして、眼前の塀に黒い影が降りた。植木ががさがさと音を立てる。

「おい、待て！」

叫ぶと、影は一瞬こちらを振り向いた。が、即座に塀から道路へと飛び降り、視界から消える。慌ただしい足音が、遠ざかっていく。

「待て！　このストーカー野郎！」

俺は窓から外に飛び出した。塀に飛びつき、道を見回す。

しかし遅かった。影はどこかに消えてしまった後だった。

見ると、マユリの窓に一番近い植木が、まだ揺れている。侵入者は塀をよじ登り、そこから植木を登ってマユリの部屋を覗きこんでいたらしい。

忌々しい。逃がしてしまった。

……あの木、後で切った方がいいな。

俺は歯ぎしりしながら、家へと戻った。

§マユリ

その日先生と会った瞬間、私は赤面してしまった。先生も同じらしく、少しだけ俯いている。

「おはようございます、マユリさん」

「はい、先生……」

付き合い始めのカップルのような空気。なにこれ。昨日までと全く違う。

「……お父さんから、聞いたみたいですね」

「私と付き合って、お父さんから距離を置くという話」

「……はい」

ダメだ。まともに先生の顔を見られない。

「急にこんな話になってしまって、すみません。あくまでお父さんの愛情を少し抑えていただくようにお願いしたつもりだったのですが……」

「いえ、大丈夫です。私、知ってます。パパがその話、言い出したんだって。すみません……せっかちなパパで」

「いや……」

二人の会話もどこかぎこちない。

今まで全然こういうこと、なかったのに。どうしてだろう、何かのスイッチが入ってしまったみたいだ。どきどきする。先生の声も、仕草も、全部が凄く魅力的に思える。これが恋なのだろうか。まるで魔法だ。

「ちゃんと私の気持ちも、お伝えしておきますね。まず、医者としての話です。お父さんにはすでに話したことですが、やはりマユリさんはお父さんと離れた方が、病気を治療する環境としては良いと思います」

「やはり、そうですか」

まだ会ってほんの数日なのに。こんなに簡単に恋に落ちてしまうものなのだろうか？

私は、恋に恋しているだけなんじゃないの？

「むしろ、お父さんと一つ屋根の下にいては、治るものも治らない。それが、医者としての正直な見解です。なので、私と付き合う云々は置いておきまして、最低でも入院はおすすめしたいですね」

「……はい」

医者だから。優しいから。パパとのことを解決してくれるから。頼りになるから。そんな単純なことだけで、私は先生を好きになってしまっている。自分が愚かしく思える。

でも……それでも構わない。

先生ともっと一緒にいたい。

リョウタやパパに煩わされない場所で、生きたい。

「そして、ここからは私個人としての話です。男としての話、とでもいいましょうか。マユリさん……私はあなたを、とても魅力的な女性だと思っています」

「……」

胸がどきんとする。お腹の奥が熱くなって、桃色の血液がめぐり始める。

「初めて会った時から、素敵な方だと思っていました。仕事に集中しなくてはと、いつも必死でしたよ。お付き合いできるのなら、私は凄く幸せです。マユリさんをきっと幸せにします」

「先生……」

「しかしマユリさんはまだ学生。そして、患者と医者という関係です。そんなマユリさんに付き合ってくれとお願いするのは、立場を利用するようでいけないことだとも思います。なので、マユリさんが嫌だったら、そう言ってください。また元通り、私は医者として接しますから。私の顔を見るのが嫌だったら、別の優秀な医者を紹介します」

先生の声は、少しだけ震えていた。

その言葉が本心であるからだろう。先生は、私を好きなのだ。

女として、好きでいてくれるのだ。

「私、先生と離れたくありません」

「マユリさん……」

「別の医者なんて、嫌です。私、先生と一緒がいいです」

先生はにっこり笑った。

「そうですか」

「私、頑張って病気治します。大人の先生とは違って知らないことがたくさんあるけど、一生懸命学んで、いい奥さんになれるように頑張ります」

「……」

「だから、その……」

「……」

「いきなり結婚とか、難しいかもしれませんから、まずは恋人から……」

「……」

「お願いできますか」

先生はしばらく黙った後、「はい」と小声で言った。

二人とも顔を真っ赤にして、相手のことがまともに見られなかった。

♂パパ

「先生、お疲れ様でした……どうでしたか？」

俺は聞く。先生は恥ずかしそうに言った。

「マユリさんと、しっかり話しました。お付き合いをさせていただくことになりました」

「……そうですか」

悲しみ、嫉妬、そして喜び。色々な気持ちを含んだ声で、俺は答える。

「先生。くれぐれもマユリを、よろしくお願いします」

「もちろんです」

「精神的に弱かったり、問題もありますが。いい子なんです。本当に」

「わかっていますとも。まだマユリさんと私は、お互いを良く知りません。そして病気も、治療に長い時間がかかるでしょう。でも私は急ぐつもりはありません。マユリさんと同じ歩幅で、ゆっくりと進んでいこうと思っています」

「……やっぱり先生を選んで良かったです。俺は、安心しました」

「お父さん」

「これが一番良かったんです。これが……」

涙がこぼれそうになり、俺は袖(そで)で拭(ふ)いた。

その時、嫌な感覚がした。

何だかわからないが、危険な気配。

俺は周囲を見回す。しかし異常は見られない。

早めに先生との会話を切り上げた方が良さそうだ。

「先生。今後の話ですが、また改めて相談、という形でもいいでしょうか？」

「ええ。方針が決まっただけでも大きな収穫です。マユリさんも、前向きな気持ちになってくれたようです。いつ家を出るか、お父さんとの距離をどのように取っていくか、などは順次考えていきましょう」

「はい、そうしましょう」

「では、そろそろ」

「はい。それでは先生、今後ともよろしくお願いします」

「ええ。ではまた明日、同じ時間にお伺いしますね」

俺は礼をする。それから玄関に進み、ドアを開ける。そしてもう一度礼をする。

「ありがとうございました」

ドアが閉まる。

ほっと息をついたその時、背後で小さな音がした。

振り返る。

廊下の窓が、ほんの数センチ開いていた。そしてそこから覗く、目。

「誰だ！」

俺はすぐさま駆け出す。が、相手の方が早い。逃げる後ろ姿がやっと見えただけで、すぐに姿をくらませてしまった。

あのストーカー野郎だ。また逃してしまった。

俺は悔しくて拳を握りしめる。

……見られた。俺が会話しているところを。

監視しているのだ、あいつは。許せない。

何とかしなくては……。

強く握りすぎて、爪の先が掌に食い込む。二か所ほどが千切れ、血が流れ始めた。

§マユリ

私はベッドの中で毛布をかぶり、胸の高鳴りを抑えようとしていた。

嘘みたい。

先生は私を好きだと言った。パパも賛成してくれた。色々なことが、どんどん進んでいく。

初めての恋。呆れるほど、浮かれている。

これからどうなるんだろう。

先生の家に一緒に住むんだろうか。先生の両親と挨拶をしたりするのかな。病気が良くなったら、どこかにデートに行きたい。遊園地でもいいし、映画でもいいし、公園でも、そのへんの喫茶店でもいい。

恋人同士がどんなことをするのか、私は全然知らない。先生を困らせたりしないだろうか？　どう振る舞って、どう接すれば喜んでくれるだろう。

先生を喜ばせたい。先生に、いい女だって思われたい。

まだ、わからないことがたくさん。

わくわくする一方、ほんの少しだけ不安もある。

……楽しみ。

その時。ごりごりと外から、何かをこすり合わせるような音が聞こえてきた。何だろう。少し様子を見てみるが、音は止まない。ずっと続いている。

私は窓を開けて、外を窺う。

「……パパ？」

「ああ、マユリか。いつまでも起きてないで、早く寝なさい」

パパが窓の下にいた。大きなのこぎりを持って、庭の木を切っている。パパがのこぎりを動かすたびに音がして、木くずがこぼれた。パパは汗だくだ。

「え……木を……？　なんで？」

庭の木は、パパが大切にしていたものだ。芽吹けばそれを見て微笑み、虫がつけば一つ一つ取り除いていたパパの姿を思い出す。

「変な男がいてね。マユリの窓を覗くのに、この木を使っているようなんだ。だから切ってしまうことにした」

パパはそっけなく答えると、また木を切る作業に戻った。さほど太くない木とはいえ、素人が切るのは大変だろう。パパはふうふう言いながらのこぎりを動かしている。

「……そこまでする必要、あるの？」

「念のためだよ、念のため」

「念のためって……」

「心配いらないから、マユリは部屋で休んでなさい」

「うん、わかった……無理しないでね」

私はそう言って窓を閉めた。

いくらなんでもやりすぎだと思う。パパはいつも、極端なんだから……。

ふと床に、紙が落ちているのに気が付いた。手に取る。あのメッセージカードだ。さっき窓を開けた時に、室内に入ったものらしい。開いて中を見る。

マユリへ

初めての返事、ありがとう！　凄く、すっごく嬉しかったよ！　正直、不安になったりもしたんだ……自分ばかり盛り上がっていて、全然相手にされてないのでは、なんてね……いや、そんなはずないよね！　愛を疑った僕をどうか許してほしい！

しかし、内容には幻滅したよ。これはどういうこと？　気になる人がいる？　それって、あの男のこと？　あの、腐れ父親。あんなのマユリの本当の父親じゃないよね？　僕たちを引き裂こうとする、陰険なクズじゃないか。それとも、また演技なのかな？

僕を守ろうとして優しい嘘をついたの？

決めた。僕、マユリを助けにいくよ。

これ以上君をほっておけない。

あいつが、全て悪いんだ。マユリはあいつに騙されている。そう、君の本当の心は、僕を欲しているはずなんだから……。これは誰にも否定できない事実だよ。

待っててね。その牢獄（ろうごく）のような家に風穴を開けて、僕という勇者が現れるよ。そして二人で逃げようね。自由な、誰にも邪魔されない楽園に。

準備を整えるまでしばらく、待っててね。

そしてその日を楽しみに。

君の王子様、リョウタより

喉がごくりと音を立てた。

パパはやりすぎなんかじゃ、ないかもしれない。

リョウタはちっともわかってない。私と先生の関係も、私とパパのことも、全てを自分に都合の良いように曲解している。

リョウタは、狂気に満ちている。

先生は凄く常識的な人だ。パパも、ちょっと変な所はあるけれど、でもまともな人間のはず。リョウタだけが、おかしい。

♂パパ

木を切るというのは、思ったより重労働だった。それでも日をまたぐ前に作業を終えることができた。俺は疲れ果て、汗を拭きながら室内に戻った。

「パパ」

マユリが、俺に駆け寄ってきた。パジャマを着ている。もう風呂に入ったらしい。俺はため息をつく。今日はカメラを設置し忘れた。

「どうしたんだい、マユリ。先に寝てていいんだよ」

俺は玄関で靴を脱ぐ。

「あの……これ、見て」

「ん？」

マユリが手渡してきたのは、小さなメッセージカードだった。何だろう。俺への手紙だろうか。いぶかしみながらそれを読む。

そしてふつふつと怒りが湧いてきた。

「……何だこれは！」

「窓の外に、貼られてたみたいなの」

君の王子様、リョウタだと？　勘違いもいいところだ。ふざけるな。俺とマユリの間に、入って来るんじゃない。

「ちゃんと言ってなくてごめんなさい、パパ。これまでにも何度か、同じ人から手紙が来たことがあるの。その人はもともとコンビニの店員で、それで……」

「ストーカーか？」

「……うん。知ってるの？」

「先生から聞いたし、俺も何度か見てるんだ。夜道で脅迫まがいのことをされたり、覗き見されたりもした。こいつは、本当にどうしようもない奴だな」

「パパ」

マユリが少し震えたように見えた。いけない、マユリを怖がらせてはダメだ。俺は怒りを抑えて、言う。

「……心配しなくてもいい。こいつはパパが追い払ってやる。マユリの幸せの邪魔は、絶対にさせない」

「パパ、ありがとう」

「さ、マユリは寝なさい。俺に任せとけばいいから」

俺が微笑んでみせると、マユリはほっとしたように笑った。

マユリが二階に上がり、部屋に消えたのち、俺は拳を握りしめた。

リョウタの野郎。絶対に許さない。

あの手紙の文面からすると、この家に忍び込んでマユリをさらうつもりらしい。そうはさせるか。

体に疲労はたまっていたが、ここが踏ん張りどころだ。俺は台所で栄養ドリンクを飲む。そして、家の改造に取り掛かった。

物置から必要な資材を取り出して居間に並べる。

まず、勝手口には予備の鍵を二重に取りつける。次に窓は全て施錠。その上でガラスをフィルムと金網で補強する。これで窓を割られて侵入されることはないだろう。さらに部屋中を確認し、人が出入りできるところがないかを入念にチェック。床下から天井裏まで、這いまわって確認した。

全てが終わった時には、とっくに太陽が昇っていた。

俺はへとへとだった。しかし、満足もしていた。

今この家で出入口になりえるのは、玄関だけだ。だが、玄関の扉には何重にも鍵が据え付けてある。それは、俺が持っている鍵でしか開かない。そして俺は鍵を絶対に手放しはしない。

完璧(かんぺき)だ。

リョウタは、マユリに近づくことすらできない。

それでも奴が無理やり潜入しようとするのなら、やってみればいい。こっちだって迎え撃ってやる。金づち、バール、くぎ抜き。簡単に凶器として利用できる工具を、俺はベルトに下げている。一日中、寝る時も、これを持ったままだ。

来るなら来い。

思い知らせてやる。マユリは、俺のものだと。

お前になど、渡さないと。

§マユリ

窓には金網。玄関にはたくさんの鍵。

パパの『リョウタ対策』に、私は驚いた。

「マユリさんのお父さん、随分思い切った手段に出ましたね」

先生も室内を見回しながら、呆れたように言う。

「私もちょっとやりすぎだと思うんですけど……でも、リョウタは本当に何をするか、わからないところがあるんで」

「なるほど。お父さんは万全を期した、というところでしょうか。でも、ちょっと息苦しくもありますね」

「うーん、少し……」

「そうですよね。マユリさんの引っ越しを急ぎましょうか」

「引っ越し？」

「ええ。お父さんと相談しながら、計画を進めているんです。私の家に一つ空き部屋があってですね、そこにマユリさんに来ていただこうかと。一緒に暮らしながら、これまでのようにカウンセリングの治療も継続する。お父さんとは別に暮らすことになりますが、それほど距離はありませんので……時々はお父さんとも会えます」

「凄く素敵ですね、それ！」

「面会の頻度ですとか、まだ決めることはいくつかあるんですけどね。でも、数日のうちに準備は整うと思います」

「早く引っ越して、先生と一緒に過ごしたいです」

　先生は笑う。

「そうですね、私もです」

「楽しみです！」

「もう少しだけ、辛抱してくださいね」

「はい！　大丈夫です」

本心だった。先生との暮らしを考えれば、大抵のことは我慢できる。引っ越してしまえばリョウタも追って来られないだろう。

私は新生活を夢見て、わくわくしていた。

♂パパ

先生のカウンセリングが終わり、マユリが二階に戻っていった。その後ろ姿を見つつ、俺は首をひねった。

来ない。

リョウタの奴が、来ない。

あれから数日が過ぎたが、リョウタがやってくることはなかった。毎日は平穏そのものだ。金網の張られた家に、恐れをなしたか？　潜入は難しいとみて諦めたのか？　そうだったらいいのだが。

奴が諦めたのなら、あとは簡単だ。

先生とうまく相談をしながら、引っ越しの準備をしていけばいい。

幸い、マユリは先生のことを好意的に見ている。先生と結婚するまでに、障害はほとんどないだろう。もう、ゴールは目の前だ。

「先生、今日もありがとうございました」

俺は声を出す。

「いえいえ。しかしお父さん、窓に金網とは、凄いですね。大変だったでしょう」

「そうですね、でも必要な措置なんですよ。なにしろ、変態がマユリを狙ってますから」

「ふむ……とりあえず、引っ越しを急ぎましょうか。うちの空き部屋はもう準備ができています。家具もいくつかありますので、後はマユリさんに来ていただくだけかと」

「そうですか。じゃ、荷物の梱包が終わればすぐにでも引っ越せますね！」

「ええ」

「じゃあ、明日は荷造りをして、引っ越しは明後日ということにしましょうか。先生さえよければ」

「私は構いませんよ」

「了解です、マユリにもそう伝えます。しかし……ついに、マユリが俺のそばから離れていくんですね。何か感慨深いものがあります」

「……お父さん」

「わかってます。大丈夫です。ただ、ちょっと寂しいというか……複雑な気持ちになりまして」

「そうでしょうね……」

「先生、これからもマユリをよろしくお願いします」

「ええ、もちろんです」

「それでは先生、また明日もお待ちしてますね」

ふと、そこでふと不安が芽生える。

「ええ。同じ時間に伺います」

リョウタの奴が、家に潜入しようとするなら、どうするだろう？　いつを狙う？　どこから入る？

……出入口は玄関の扉しかない。

それを開くことができるのは、俺だけ。

「では、失礼します」

「ええ、そこまでお見送りしますんで。さ、どうぞ、先生」

「すみません」

俺は今、先生を送り出すために開けようとしている。外界に繋がる唯一の扉を。その事実が、俺を不安にさせる。

まさか。まさか、次の瞬間……。

「どうもありがとうございました」

「ええ。それでは」

俺は扉を開けた。

それが視界に飛び込んできた時、俺は「やはり」と思った。

驚きも焦りもなく、どうせこんなことだろうと思っていたよ、そんな気持ちだった。

扉の向こうには、リョウタが立っていた。両手に一本ずつ伸縮式の警棒を持ち、決意を秘めた表情で俺を見据えている。軟弱そうな顔だが、キレると何をしでかすかわからないような迫力があった。

そいつは迷いなく警棒を振りかぶった。俺はとっさに身を引き、扉を閉じる。

ドアの隙間に警棒が挟まった。ノブを引くが、相手の手が内側に入ったのが先だった。

意外と力が強い。扉は、力任せにこじ開けられていく。

いや、俺が弱っているのか。ここ数日、徹夜で見張りをして、無理を続けてきた。思うように力が入らない。

「マユリ、絶対に部屋から出るなっ！」

俺は叫び、後ずさりする。扉の引っ張り合いをしても仕方ない。体勢を整えてから、ベルトに下げた金づちを取り出して構える。

扉を開き切り、リョウタがこちらを睨んだ。その目はらんらんと光っている。

俺は飛びかかる。金づちを振りかぶる。しかし、さすがに頭を狙うのは躊躇した。代わりに扉にかけられた、相手の指を狙う。鈍い音がして、指に金づちが衝突した。リョウタは悲鳴をあげて、扉を手放した。

だがリョウタは、くじけなかった。

目に涙を浮かべながら体当たりをして、扉を閉じようとする俺を押しのける。

くそ。

執念深い奴だ。

「頭を狙うぞ！」

俺は吠え、そしてもう一度金づちを振りかぶる。

しかし、俺はまたしてもそこでためらってしまった。生きている人間に向かって金づちを振り下ろすなんて、恐ろしかった。振りかぶったまま、俺はしばらく逡巡する。その隙を、相手は見逃さなかった。

手首に激しい衝撃が走る。リョウタが警棒を振り抜いていた。

右手の感覚が麻痺し、続いて痛みが襲ってくる。

「ぐあっ……」

思わず声が出る。歯を食いしばって痛みに耐える。

金づちは床に音を立てて落ちた。骨が折れたかと思ったが、かろうじて手は動く。しかしヒビくらいは入ったかもしれない。警棒の威力は侮れない。

「どうだ！　まいったか！　マユリを解放しろ！」

リョウタが金切り声を出した。男の癖に、声の高い奴だ。

「この変態が！　俺の愛する女に手を出すなっ！」

俺も負けじと大声を出す。

まだ右手が痺れている。駄目だ、右手は使えない。俺は左手でくぎ抜きを握り、目の前に持ってくる。

リョウタは右手の警棒を威嚇するように振りまわした。そのたびに、唸るような音が走る。マユリの部屋に行かせはしないぞ。俺は慎重に後ずさり、階段を数段上って踊り場に陣取った。リョウタもゆっくりと前進してくる。

ここで迎え撃つ。

段差があるぶん、上にいる俺が有利だ。そして、マユリの部屋までの道も封じられる。

俺が人生をかけて愛した女。昔も今も変わらず、最愛の人。その幸せが、目の前までやってきている。今、全てを失うわけには、いかないのだ。

§マユリ

大きな低い声が聞こえた。何か硬いものがぶつかり合う音も。

部屋から出るなと言われたが、じっとしてなどいられない。何があったのだろう。私は扉を少しだけ開き、外を覗き見た。

「お前に変態と言われたくはない！　僕はマユリを愛しているんだ！　純粋な気持ちで！」

パパの声じゃない。あのコンビニ店員の声だ。リョウタの声。

リョウタが来た。本当に、私を奪いにやってきた。

ぞくりとする。

「黙れストーカー！　何も知らないくせに！」

言い返す声。そして激しい金属音。

リョウタと誰かが戦っている。

私も加勢すべきだろうか。それとも、ここでじっとしているべき……？

迷った末に、私は部屋から出る。階段まで歩き、下を見る。戦っていた。二人の男が戦っていた。

その一人、リョウタが私を見て声を上げる。

「マユリ！　助けに来たよ。僕だ、リョウタだよ！」

もう一人が、こちらを振り向いて叫ぶ。

「マユリ……さん。出てきてはいけません！」

白衣が揺れる。

先生だ。

「マユリ、今、君の父親をやっつけてやるから！　二人で逃げよう！」

「ストーカー野郎！　口を開くな！」

先生がくぎ抜きを手に、リョウタと戦っていた。

♂パパ

リョウタの目が、マユリに向いている。その隙に俺は力いっぱいくぎ抜きを投げつけた。くそっ、左手では狙いがつけづらい……。

くぎ抜きは当たらず、騒々しい音を立てて床に転がった。しかし、リョウタは慌てたのか、右の警棒を取り落とした。今だ。俺はバールを持ち、リョウタの顔を下からすくいあげる。相手は思い切りのけ反って、俺の攻撃を回避した。

見ればリョウタの右手、人差し指が折れている。最初の金づちの一撃は無駄ではなかったのだ。互角だ。勝てる。

俺は意識して呼吸を落ち着かせる。動揺するな。マユリが出てきたからといって、慌てるな。リョウタさえ撃退してしまえば、後はなんとでもなる。

「やったな、お前！」

リョウタが何かを放った。目に向かって突き進んでくるそれから、必死で顔面を逸らす。間に合わない。かけていた眼鏡が砕け、破片が頬を切った。

「伊達眼鏡なんかかけやがって。何を企んでるんだ？　変態め！」

まずい。この話をマユリに聞かれてはまずい。石が床に転がったのが見えた。俺の眼鏡を割ったのはこれか。拾って、リョウタの鼻目がけて投げつける。しかし、投擲は外れた。

「マユリさん、部屋に戻っていなさい！」

俺は大声を上げる。マユリは震えるばかりで、廊下から動こうとしない。

「いい加減に変な芝居はやめろ！　僕はずっと見てたんだ。お前の、不審な行動を」

「黙れ！」

リョウタの奴め。言うな、それ以上言うな。

マユリに聞かれたら……。

「何なんだ？　白衣と眼鏡をつけてみたり、また私服に着替えたり、繰り返して。おまけに声色まで変えやがって、気持ちが悪いんだよ。あげくのはてに、毎日一人で二人分の会話をして、最後に玄関の扉を開いて閉めていた。誰がどう見たって、怪しいんだよ！」

「ストーカーの癖に、いい加減にしろ！」

感情のままに怒鳴ってからはっと思い出す。

まずい。今の俺は白衣だ。つまり、マユリからは「先生」に見えている。先生の声色で話さなくてはならない。パパと、先生を混同させては……。

相貌失認の人間は、顔以外の情報で個人を判断する。それは主に服装や、声色からだ。特に声色が占めるウエイトは意外と大きい。声の大きさ、話し方、トーン、アクセント、一人称、口癖……。これらはかなり特徴的なものなのだ。

はっきりと使い分ければ、別人と思わせられるほどに。

「マユリさん、あいつは痴漢です。私が追い払いますから、隠れていてください」

俺は先生の声色で言う。しかし言い終わる前にリョウタが叫ぶ。

「今更演技し直したって無駄だ！　マユリ、そいつのやってることがわかるよね？　そいつはマユリの信頼を得るために、芝居をし続けてたんだよ！　騙して、懐柔するためにね。卑怯で醜い、変態男なんだ！　本当にそいつ、父親なの？　いや、父親だとしても、ありえないよね？」

「マユリさん、彼の話を聞いてはいけません」

「マユリ、逃げよう！　その世界は、全部まがいものだ！　作り出されていたんだよ、そいつのいいようにね。気になる人ができた？　こいつのことだろ？　こいつに、仕組まれていたんだ！　そんなところにいたらダメになる。真実が何だかわからなくなる！」

くそ。

くそが。

くそが！

もう少しだったのに。

リョウタのせいで計画がぶち壊しだ。

娘に変態的な愛情を寄せる父親。冷静に対応する先生。その対比で、マユリの気持ちを先生の方に向かわせる。父親はある日から反省し、娘の恋を応援するようになる。先生は愛情を受け入れ、そしてマユリと恋人になる……。

俺とマユリは父と娘という関係を脱し、先生と一人の女という、新しい関係になる。

すべてはマユリと俺が、恋人になるために。

努力した。演技した。二人分の行動をし、二人分の会話をする。父親の恰好で家事をして、白衣と眼鏡をつけてカウンセリングをする。大変だった。疲労は溜まり続けていた。しかし綿密に会話を計算し、立ち振る舞い続けてきた。

完璧なシナリオのはずだった。

そして事実、ここまではうまくいっていた。うまくいっていたのに……。

「お前が余計なことをするから！」

俺はバールをぶん回す。リョウタめ。こいつさえいなければ良かったんだ。邪魔しやがって。勘違いの、ストーカー野郎が。

「出て行け！」

体ごと、リョウタに向かって飛び込む。確かに警棒のリーチは長い。だが、一度その内側に入ってしまえばこちらのものだ。

バールでやつの胸を思いっきり打ち付ける。ごきと音が響いた。リョウタが悶絶し、床に倒れ込んだ。

ざまあみろ。

もう一撃。しかし、リョウタは寝返りを打つようにして身を翻す。バールは床にぶち当たり、嫌な音を立てて板がひび割れた。逃がすか。俺とリョウタはもつれあいながら、死闘を続けた。

§マユリ

え？　え？　え？　え？

どういうこと。

パパが……先生が……パパ……先生……。

目の前で、先生がリョウタと格闘を続けている。先生はパパのような声を出したり、先生の声を出したりする。戦ううちに、白衣が剥ぎ取られた。先生はパパになった。

「マユリさん、部屋に入ってなさい！」

パパは先生の声を出した。

混ざってる。人間が溶け合って、一つになってる。おかしい。狂ってる。狂ってる。これは狂ってる。

世界がねじ曲がって、複数の人間が合体して、空間が歪んで、私は眩暈がして、足元が歪んで、床に大穴が開いて、そこに呑み込まれていく感覚、ああ、死んじゃいそう。

先生の診断も、優しいアドバイスも、パパとの交渉も。パパの変な行動も、私への愛も、先生との会話も。パパの反省も、先生の告白も。先生と一緒に暮らす話も。恋も。引っ越しも。全て、私の思っていたようなものではなかった。

もっと性質の異なるものだった。

そこにはどろどろと波打つ、黒い欲望が詰まっていた。

私はほんの表面を見ていただけで、その奥にある深い海は……突然現れて、私を呑みこむ。また、深海だ。足がつかないどころではない、底知れぬ深さ。

吐き気がした。

私は絶叫した。

そして、嘔吐した。

♂パパ

「マユリ！」

喉が切れるのではないかと思うような叫び声を上げた後、吐瀉物を撒き散らして倒れたマユリに、俺はすぐさま駆け寄った。リョウタも驚いて、硬直している。

マユリは頭を抱え、目を見開いたまま痙攣している。

ショックを受けたようだ。

「マユリ……大丈夫？」

呆けた声を出すリョウタに、俺は罵声を浴びせる。

「これも、全てお前のせいだろう！」

マユリはただでさえ精神が不安定なのだ。できるだけ混乱させたくなかったのに。お前が後先考えずに入ってきたせいで、彼女の世界は壊れたのだ。俺の計画も無茶苦茶にしやがって。

呆然とするリョウタにバールを投げつける。綺麗に顔面に命中した。リョウタは顔を押さえて倒れ込んだ。

「マユリ、マユリ！」

俺は必死で呼びかける。返答はない。眼球が細かく動いている。呼吸は異常に荒い。まずい、すぐにどこか落ち着ける場所へ運ばなくては。

「マユリを……離せ」

「お前の相手をしている暇はないんだ！」

俺はマユリを担ぎ上げた。軽い。こんなに軽かったか、こいつの体は。右手は痛むが、問題ない、運べる。まだもだえているリョウタを踏みつけ、駆け出す。

玄関の扉を蹴(け)り開け、ガレージに向かう。

背後からは、リョウタの声が聞こえてくる。あいつに構ってなどいられない。

急いでマユリを車に乗せ、エンジンをかける。

追ってきたリョウタには構わず、俺は車を発進させる。

車はリョウタを跳ね飛ばして車道に躍り出た。ミラーを見る。リョウタが起き上がり、なおも追いすがろうとするのが見えた。

しぶとい奴だ。

だが、車には追いつけないだろう。

俺はアクセルを踏む。夕暮れ時の街を、駆け抜けていく。

全てやり直しだ。

……マユリと二人っきりになれる場所に行こう。邪魔の入らないところへ。そこでマユリを落ち着かせ、もう一度計画を練り直すのだ。

別荘がいい。

俺の別荘。先生の家として、引っ越す予定だった場所。

あそこなら、時間はたっぷりある。

しばらく、家には戻らない。

俺は車を走らせつづけた。

リョウタが何事か叫んでいるのが聞こえたが、俺は振り返らなかった。

§マユリ

世界中がぐるぐると回っていた。これまでに見た景色が入れ替わり、様々な人物が脈絡のない台詞を吐いては消えていく。

頭がおかしくなりかけている。自分でそれがわかった。

現実を恐れるあまり、妄想の世界に逃げようとしているんだ。そんな自分を、私はどこか遠くから眺めているような気がした。

誰かの声が聞こえる。
「マユリ！　待ってて、必ず助け出すから！」
「愛に不可能はないよ！　僕は、奇跡を起こしてやる！」
「魔法のように君を救い出すから！」
リョウタの声だろうか。
うつろになっていく意識の中で、それだけがやけにはっきりと聞こえる。
パパは私を騙して、手に入れようとしていた。
先生も私を騙して、手に入れようとしていた。
リョウタは力づくで、私を手に入れようとする。
みんな、私をモノみたいに扱う。私を所有物にしようとする。
もう嫌だ。
こんな現実、嫌。どうしてこんなことになってしまったの？
誰か、救い出して。
この終わりのない、どこまでも深く深く続いていくような悪夢から。
車の振動は続く。
やがてリョウタの声は掻き消え、私は暗い眠りに落ちていった。

三段目　リョウタとマユリ

Яリョウタ

逃がしてしまうなんて。逃がしてしまうなんて。あそこまで、目の前まで、迫ったのに——

あの日以来、僕は何度も自分を責めた。何度も何度も責めた。思い出すたびに頭を抱えて歯ぎしりをし、唸りながらもんどりうつ。悔しかった。悲しかった。自分の無力さが、愛する人と引き裂かれてしまった現実が、受け入れられない。受け入れようとすると死ぬほど辛い。

折れた指に包帯を巻いても、ヒビの入ったアバラにバンドを巻いても、心の苦しみはちっとも癒えやしなかった。

あれから辻沖の家には、誰もいない。

ガレージは空、玄関は開けっ放し。マユリの父親は、もう戻って来ないつもりらしい。

僕はたまに、辻沖の家を見に行く。そして誰もいないことを確認しては、肩を落とす。変化と言えば、日が経つごとにポストに新聞が溜まっていくだけだ。

だが、その日の夕方は違った。

家の前に忽然と少女が立っていたのだ。若く、美しい少女が。

僕は目を疑った。これは魔法だと思った。

奇跡が現実に起きたのだ。

そこに立っていたのは、マユリだった。


「マユリ……？」

おそるおそる問いかける。夕闇の中で、彼女は振り返って僕を見た。

「え？　誰？」

声もそっくり同じだ。信じられない。辻沖エイスケに連れ去られ、行方不明になっていたはずのマユリが、目の前にいる。でも、どうして？

「なんで私の名前、知ってるの？　あなた、誰？」

マユリは僕に質問する。

「マユリこそ、どうしてここに」

「え？　私？　夜、よく眠れないから。だからやっぱり、どうにかしないとって思って。

でも来てみたら、家に誰もいないの。どうなってるの？」

「……？」

何を言っているのかよくわからない。僕が困惑していると、マユリが身を乗り出した。

「あなた何か知ってるんでしょ？　教えてよ。パパはどこへ行ったの？　車は？」

「何でマユリが知らないの？　記憶喪失にでもなったの？」

「何言ってんの。わけわかんない。あなた、名前は？」

「僕はリョウタ」

「リョウタね、オッケ。じゃ、どこか落ち着いて話せる場所行きましょ。リョウタの家は近いの？」

どきりとする。家に来る？　マユリが？

心の準備が足りなすぎる。次から次へと、予想外のことが起きていく。

「ち、近いけど、そんな、どうして」

「じゃそこで話そう。あんまり人に聞かれたくない話になりそうだし」

「だけど、ぼ、僕の家汚いし、それに一人暮らしだから」

マユリは歯を見せ、僕を見透かしたように笑った。

「汚くて結構。一人暮らしでも平気。何より、あなたに私を襲うほどの甲斐性、ないでしょ」

「お、襲うなんて、僕は！」

考えたこともないのに。

顔面に血が集まって、汗が流れる。マユリは口笛を吹きながら「で、どっち？　早く案内してよ」と言った。


「ワンルームのボロアパート。そして室内も、散らかり放題ときた。ひどい家だね」

マユリは僕の部屋に入るなり、そう言った。

「ひ、人を呼ぶことなんて考えてなかったから……」

僕は必死に言い訳する。

「ま、男の一人暮らしなんてこんなもんか。なにこれ？　エロ本くらいちゃんとしまっときなさいよ。ほら、使ったティッシュも捨てて。バカじゃないの？　コーラの缶とか、意味もなく積み上げてないで捨てろっての」

「や、やめろよ。見るなよ！　あ、か、勝手に触るなよ」

マユリは室内を漁り、ゴミを乱暴に蹴って壁際に寄せる。

「座るところもないんだから仕方ないじゃない。それとも何、私にエロ本の上に座れっていうの？　なにこれ。ふうん、熟女ものってやつ？　へー、あんたこういうのが好みなんだ。気持ち悪」

「勝手だろ、そんなのは僕の……」

　僕は気付き始めていた。こいつは違う。マユリにそっくりで、マユリと同じ声だが、違う。

　マユリとは違う人間だ。

　夕闇の中ではわからなかったが、部屋の光の下で見れば明らかだ。マユリにあった皺がない。マユリより体が細い。髪色はやや茶がかかっている。肌は白くて、つやつやしている。

　マユリそっくりで、そしてマユリという名前だが……別の何かだ。

　しかし、マユリの何なのだろう？

「……お前、誰だ？」

「何、人のことじっと見てんの。あー、もしかして傷ついた？　ごめんごめん。ねえあんた、童貞でしょ？」

「さ、さっきから何なんだよ！　ずけずけと」

「おうおう、この反応、絶対童貞だね。それも、肉体関係とか怖くてできなーいってタイプの童貞。君を傷つけるのが嫌だから、君に欲望を抱くのは罪深いから、綺麗なままでいて欲しいから……エッチはしないんだ、的な。女の子に夢見すぎちゃってる人。あーなるほど、理解理解理解。そういうことか」

「違う！　僕の愛は、純粋なものなんだ、バカにするな！」

僕は身を乗り出して叫んだ。

勢い余ってマユリにぶつかってしまい、そのまま押し倒してしまう。キャッと小さな悲鳴が聞こえた。気付くと、マユリが僕の下にいた。髪が乱れ、僕を上目づかいで見つめている。

「……自分が純粋だって思い込みたいんだね、君」

マユリは僕の股間(こかん)にゆっくりと手を伸ばした。僕は飛び上がるようにして後退する。恐ろしかった。マユリの手は、悪魔の手のように見えた。

「なるほどね。あの家にいたマユリに、恋してたってわけ。やっぱりそういうことか」

簡単にこれまでの顛末(てんまつ)を話すと、彼女はうんうんと頷く。運命の女性と僕とが引き裂かれた大事件について、感情込めて語ったのだが……反応はあっさりとしたものだった。

「理解理解」

「君は理解しても、僕には全然わからないんだけど。どういうことなのか説明してくれよ」

「うん、いいよ。しかし、あんなオバサンが好きなんて、君も変わってるね。あ、そっか熟女好きだから、ぴったりなのか」

僕の愛するマユリを、オバサンと表現した。確かにマユリは、中年の女性だ。しかし、だからなんだと言うのだろう？

若ければいいという考え方こそ、差別的だ。

恋愛は、年齢に関係ないものじゃないか。少し腹が立ってきた。

「うるさいな。そもそも君は一体何なんだよ。君の名前もマユリなんだろう？　どうしてマユリが二人もいるんだ？　君は、辻沖の家と何か関係があるのか？」

「そうねー……長い話になるけど、聞くう？」

もう一人のマユリは僕を試すように舌を出して笑う。

こういうところも、違う。

コンビニに来ていたマユリは、清純だった。男に慣れていなかった。

だけどこの『マユリもどき』は、男を手玉に取るような気配がある。

それも狙ってやっているのではなく、天然で。

「早く聞かせてよ。思わせぶりな言い方、やめろって」

「あれ？　親切のつもりだったんだけどな。この話聞いたら、君の抱いている純粋な愛とやらを、壊しちゃうかもなって思って」

「僕の愛情は壊れやしない！」

「ははっ、あっそ。じゃ心置きなく話せるね」

けらけらと笑ってマユリは、髪をかきあげた。

「まず、ややこしいから名前だけはっきりさせようか。私はマユリ。正真正銘の辻沖マユリ。そして、あんたが言ってるマユリは……本当の名前を、辻沖ユウミという」

辻沖ユウミ。

「ユウミ……」

それもいい名前だ、と僕は頷く。

§マユリ

正直、このリョウタという男のことは好きになれなかった。自分勝手で、思い込みが激しそう。そして外見はやぼったくて、いかにもモテなそう。

そんなリョウタは、ずけずけと私に言った。

「道理で、マユリ……いや、あの子はユウミなのか。ユウミにしては、君はけばけばしすぎると思ったよ」

カチンとくる。が、我慢して笑う。こいつは味方にしておかなくては。

「あはは、やっぱケバいかな？　私ね、キャバ嬢やってるんだ。新宿歌舞伎町の、夜の蝶（ちょう）。こう見えても成績いいんだよ。ナンバーってわかる？　売上ランキングの、上位なの」

リョウタは不快そうに眉根を寄せた。

「……そんな醜いものを見る顔しないでよ」

「だってキャバクラだろ？　汚らしいじゃないか」

　さすがに腹が立った。私は、早口で喋り出す。

「そりゃ君みたいな夢見ちゃってる系男子からすれば、汚らしい、底辺の職業だって思えるんだろうけど。私からすれば、そんなの偏見。キャバ嬢は知性と、忍耐強さが必要な、とっても高度な仕事。給料がいいのがその証拠。誰にでも勤まるものじゃない」

「どこが高度なんだよ。ただ、自分を安売りしてるだけだろ？」

「うんうん。君みたいな人、お客さんにいっぱいいるよー。一途で、お姫様みたいで、王子様をずっと待ってて、トイレも行かなければオナニーもしない、でも本当に愛する王子様だけには股を開く、そんな女こそ望ましいって思ってる人。ま、私に言わせれば、色んなものから目を逸らした考えだね」

　リョウタは気色ばむ。

　私は構わずに続ける。

「女だって人間。そんな当たり前の事実を無視してるって、何でわからないの？　女の精神年齢って、意外と高いんだよ？　説教したり、自慢話する男っていっぱいいるよね。私たちはそれを黙って聞いてあげてる。すごいなーって相槌打ってあげる。でもね、それは男が凄いからじゃないんだ。女が、合わせてあげてるの。凄いのは女の方なんだよ。

女ってね、残酷なくらい頭がいいの。合理的で、現実主義者なの。自分に利益がある限りは、男のことを立てる。いっぱい話を聞いて、いい気分になってもらって、気持ち良くお金を落としていってもらう。

恋人に対してもそうだよ。素敵な人がいたら、一生懸命尽くす。でもね、その人のこと、常に見定めてる。投資に見合わないと感じたり……もっと有望株が現れたら……簡単に、乗り換えちゃう。それが女。

当たり前だよね。低コストの精子を機関銃みたいにばらまける男と違って、女の子宮は数回しか使えない、超高コストな道具。孕(はら)むに値する相手を見定める能力が、孕むに値しない相手を切り捨てる能力が、男より発達してたってちっとも不思議じゃないでしょ。

……リョウタはそれ、わかってる？

女に運命の相手なんて存在しないんだよ。

その時、その時で運命の相手はいるけどね。常に変化する。

リョウタは、自分がユウミの王子様だと思ってるんだね？

それがずっと変わらないと思ってるんだね？

アハハ、すごーい。男特有の考え方だね。それって、純粋なんじゃないよ。愛情でもない。それはね、執着。ただの、依存」

リョウタはしばらく私を睨みつけていたが、ふと口を開いた。

「……随分、割り切った考えをするんだな」

「当たり前じゃん。それが事実だもん」

「そう自分に言い聞かせたいんじゃないのか」

どきりとする。

「僕はユウミの王子様に決まっているのに。僕たちは運命で結ばれた仲なんだ。それを執着としか言えない君は、寂しい人間だよ」

この野郎。はらわたが煮えくり返りそうだ。

お前だけには言われたくない。自分の妄想だけで勝手な恋愛に浸っている、お前には……。

「単に、君は運命の相手に出会えていないだけだろう？　それとも、これまで人に愛されたことがないのか？　薄っぺらい恋愛しか、してこなかったんだね？　僕にはわかる。君みたいに色気で男を釣ったって、得られるのはむなしい快楽だけだ。愛情は、与えられやしない」

リョウタが夢見るような目で言う。その言葉が、私の胸に突き刺さる。

……愛情。確かに、得られなかった。

パパとママの愛情。

叫び出しそうになるのをぐっとこらえ、歯を食いしばる。ここでリョウタを攻撃しても仕方ないのだ。私の目的のために、今は耐えろ。
「……ハハ、そうかもしれないね」
私は無理やり笑顔を作ってから、続ける。
「ま、言い争いをするつもりはないんだ。君の王子様願望が思い込みなのかもしれない
し、私の考えが思い込みなのかもしれない。どっちが正しいかは、ちょっとおいとこう。
とにかくさ、そういう思い込みって凄い力があるって、言いたかったの。人間って思
い込みしちゃう生き物なんだよね。みんなそうなんだよ。
例えばさ、女性の何でもない仕草から、自分は惚れられてるって勘違いする。上司の
ひょんな言葉から、嫌われてるって思い込む。部下の些細な物言いから、尊敬されてる
って妄信しちゃう。そういうことってあるよね。
怖いのは、それがその人にとって真実になっちゃうとこ。
実際に惚れられているか否かに拘らず、惚れられているのを前提に行動しちゃう。嫌
われているのを何とかしようって行動しちゃう。尊敬されてるからって必要以上に絡ん
じゃう。
現実と自分が離れていく。そうやって人間は壊れてく。
気付けばいいよ。途中で『あ、やっぱり間違いだった』って気付けばいい。中には気
付かない人がいる。ずっと気付かなくて、いつの間にか現実と、自分の見てる世界とが

思いっきりかけ離れちゃってる人がいる。

そう、別の世界ってくらいに……取り返しのつかないほどに」

「まあ、そういう人もいるかもね。僕は違うけど」

突っ込みたくなるが、無視して続ける。

「あるお客さんがいてさ。私、愛想よくしてたら、その人勘違いしたんだよね。私に好かれてるって思ったみたい。そのお客さん、私に貢ぎまくった。店に毎日のように来て、高い酒注文して、プレゼントの嵐。当然私喜ぶよね。すると、もっと惚れられてるって勘違い。ヒートアップ。

その人四十後半で、さえない外見で、収入は並み以下、妻子あり。私は十九の売れっ子キャバ嬢。釣り合うわけないのに、でも彼は本気で私と結婚する気だった。何百万も何千万も私に貢ぎ続けた。奥さんと別れて、会社で使い込みがばれて、職を失った。

……私、男を騙して利用してるみたいでしょ？」

リョウタは何の迷いもなく頷く。

ま、そう思うよね。

「違うんだよ」

「どこが違うんだよ」

「私、キャバ嬢としては良心的な方なんだ。ずっと前からその人には言ってたんだよ。

付き合うつもりは全くないです、あくまでお客さんですって。愛想よくはしたけど、それだけ。思わせぶりなことは何もしてないの。ましてや、騙すなんてとんでもない。デートとかしたことないし、体も許してない。奥さんと別れてなんて一言も口にしてないし、お金が欲しいって言ったこともない。そう、お客さんの方が、壊れたんだよ。お客さん、勘違いしてたんだよね……こんな風に」

私は声色を変える。

あのお客さんの声を真似て、俯きながら、ぶつぶつと呟く。

「マユリちゃんはキャバクラで嫌々働いている。おそらく、借金を負っているか……親を養っているか、経済的事情で仕方なく、だ。俺に恋をしているが、借金があるから一緒にはなれない。その悩みを俺には言わない。なんて健気な子なんだ。この子を幸せにしたい。

俺に妻子があると知ると、前以上にモーションをかけてこなくなった。付き合うつもりはない、と見え見えの嘘を言っている。俺を苦しませないために、自分は我慢するつもりなのだろう。古風な価値観の持ち主だ。妻と別れろ、などと俺に言ってこないところがまたいじらしい。俺が自分から別れるべきだ。それが、男の愛情の示し方だ。そして、もっともっと金を用意して、マユリちゃんの借金を肩代わりしてやらなくては。彼女は、俺の運命の女性なのだから……」

そこまで言って、にこっと微笑む。リョウタは怯えたように身をすくませた。

「こんな感じ。お客さんのことが好きな私は、妄想の中にしか存在しない。お客さんは自分の妄想に、自分で呑まれた。自分を自分で騙したわけ。さあ大変。妄想と現実には大きな乖離がある。取り返しがつかないほど。……お客さん、ここからどうなっていったと思う？」

「……さあ……」

「現実を妄想に合わせるんだよ。さらなる、妄想でね……」

私は笑う。

笑いでもしなければ、とても話していられない。

「お客さん、壊れた。いつの間にか私には莫大な借金があることになってたし、前世でお客さんと結婚の約束をしていたことになってた。

私は処女で、お客さんのためにずっと貞操を守ってる。私はお客さんに会うためだけにキャバクラに来てて、その人以外を接客することはない。そんな『脳内設定』が次から次へとお客さんの中で生まれた。お客さんはもう、現実世界には生きていなかった。自分に都合のいい、妄想の中でだけ暮らしてた」

リョウタがおそるおそる、といった感じで質問をする。

「その人……どうなったんだよ」

「今は幸せに生活してるよ」

ほっと胸をなでおろすリョウタに、私は追いうちをかける。

「最後に会った時、『いつも愛のこもった手紙をありがとう』って言われたんだ。夢見るような目をしてた。もちろん私は、手紙なんて送ってない。そこでわかったんだ。この人、ついに一線を越えてしまったなって。『今度、約束した場所に行こうね。そこで結婚式をするんだ』って言って、一人で店を出て行った。まるで横に、愛する女性が寄り添っているようだった。目がね、変だったよ。私を見てないの。落ち着きなく、何もない場所を目で追ってるの。ずっと、ずーっとね。

作り出しちゃったんだね。私を。自分の理想通りの私を……。

今、入院してる。一度だけお見舞いに行ったけど、幸せそうな顔で壁に向かって話しかけてたよ。もう現実の私が横にいても、気付きもしなかった」

「……それが幸せなのか？」

私は首を傾げる。

「幸せなんじゃない？　理想の女性と結ばれて、全てがうまくいってるんでしょ。現実に戻ってくる方が悲惨だよ。家族も職も貯金も何もかも失って、女性は得られなかった。そんな現実と向かい合ったら、あの人死んじゃう。妄想の甘美なぬるま湯に浸っている方が、快適に決まってる。私はそう思うよ」

「しかし……」

「妄想ってさ、精神の病気みたいに言われてるじゃない。私、違うと思う。あれはさ、生き延びるための知恵だよ。向き合えないほど辛い現実に出くわして自殺するくらいなら、妄想を見て心を癒す。それが生物として、人間に備わった防衛反応なんだよ。サラリーマンが向いてないから自営業をする人がいるように、現実が向いてないから妄想の世界に生きる、そういう人もいるってこと」

「しかし……それは……いや、僕は信じられない」

「信じられないの？　でもね、君の好きな人も、同類なんだよ？」

「何？」

「前置きが長くなっちゃったかな。現実を捨てて妄想に生きてる人、そのお客さん以上に『壊れちゃってる人』。それが私のママ、辻沖ユウミだった」

そう言って、私はリョウタを見つめた。

Яリョウタ

ユウミについて話し始めた時、マユリは忌々しそうに唇を歪めていた。

「私のママとパパは、恋愛結婚なのね。パパの精神科病院に、患者としてママが来たんだって。いつしか愛が芽生えて、結婚。二人はあの家で、一緒に暮らしてた。リョウタの見たマユリは、つまりユウミ、私のママなの」

「……君は娘なのか」

正直、驚いた。だけどやっと、色々なことが理解できた気がした。

目の前にいるマユリは、僕の見たマユリに顔も声も雰囲気も、よく似ている。だけど違う。体型も、肌も、話し方も動きも何もかも、若い。若すぎる。世代が一つ違うくらい、若い……。

娘だったのか。僕が愛したマユリの。いや、ユウミの……。

納得できた。

ずっと不思議に思っていたことも解決した。エイスケは、ユウミの父にしては若すぎると思っていたのだ。ユウミは四十代くらい、エイスケもせいぜい五十代というところ。

「**本当の父親じゃないよね？**」とユウミに手紙で聞いたこともあった。夫婦だったとしたら、理解できる。

「まさか私とママが同一人物だと思ってたの？　それって凄い侮辱じゃない。あのオバサンより、私の方がずっとピチピチでしょ。肌だって、瑞々(みずみず)しさだって、段違いじゃない」

マユリは咎(とが)めるように言う。

「いや。娘がいるなんて思ってなかったし。それに凄く似てたから……」

「ま、確かに私はママ似だってよく言われるけどさ。二十以上年が違うのに、一緒にされたらたまったもんじゃないよ」

「一緒にはしてないって。それに、別人と知って安心したよ。やっぱり本当のマユリ、じゃなくて、ユウミの方がずっと素敵だ」

マユリはぽかんと口を開ける。

「あんた、本当に熟女好きなのね……どこがいいの？」

「どこって。魅力的じゃないか。少し柔らかくなった肌は可愛いし、皺を見てるとほっとする。包容力があって、親しみやすいんだ。ちょっと姿勢が悪いとこなんかキュートだし、独特の臭いが興奮するし……」

「もういい、もういい。気持ち悪いからいい」

マユリは手を突き出して僕を制止した。

「まあ、別に君にわかってもらわなくたって構わないよ。僕の愛は、未来永劫不滅なんだ」

「あっそ……好きにして」

「話を戻そう。君が言うユウミは、自分をマユリだと思っていた。そして、エイスケを父親だと思い込んでいたぞ。どうしてそんなことになってるんだ？」

「ママは弱かったの」

「え？」

「……ママは本当、昔っから弱い人だった。元々、精神科病院に来るような人だったからね。パパの浮気を疑うあまり自殺未遂なんてしょっちゅうで、部屋にゴキブリが出ただけで家に火をつけようとしたこともあるくらい。そんなママを一番おかしくしたのが、私なの」

「君が？」

「私、すっごく綺麗な女の子だったのよ。昔から。そう思わない？」

「……」

確かにそうかもしれない。マユリは体中から魅力を放っているように見える。そのあたりの女性とは、何かが決定的に違う、そんなオーラがある。

だからと言って、それを自分で言うだろうか。どこかマユリの心は歪んでいるように思えた。

ユウミの方が、僕はずっと好きだ。

「パパも、近所の人も、私を凄く可愛がった。それに私、昔から上手なの。男の気持ちをくすぐるのが。やり方が何となく、わかるのね。体が勝手に動いて、口が勝手に回る。そしてどんな男も、コロッと私に惚れちゃうの。ま、才能ってやつかな」

「自慢はいいから」

「自慢じゃないよ、事実だから。でもね、ママはそういうのができない、地味なタイプだったわけ。だから成長していく私を見て、怖くなったのね」

「何が？」

「決まってるじゃない。パパを私に取られるのが、よ」

　マユリは薄目を開けて微笑む。

「実際、私は欲しがりだったからね。男はみんな虜にしちゃおうって思ってたよ。だってそうじゃゃん、自分の力がどこまで通用するか、試してみたいじゃゃん。だからパパも誘惑してたよ」

「この腐れビッチが」

「うるさい、ババア好き。でもね……パパは実際、私のことは娘としてしか見てなかったと思う。パパ、ママが大好きだったから。ママ以外の女なんて目に入ってなかった」

　マユリは少し悲しそうに目を伏せた。

「じゃあ、ユウミとしては怖がること、ないじゃないか。安心していればいいのに」

「恐怖ってのは、そういうものじゃないんだよ。事実よりも、自分の感情の方が正しいんだから。ママは怖かったんだ。自分よりも若くて綺麗で、男を操るすべに長けた私。ママにとって私は、もう娘じゃなかった。パパをめぐる、恋のライバルだった。いつパパに捨てられるか、びくびくして過ごしてたんだろうね」

「家庭内で三角関係ってわけか」

「ライバルと言っても、ママは積極的に何か仕掛けられるタイプじゃない。苦しんで、泣きながら、待つだけ。精神をすり減らし、怖がり、私を羨(うらや)んでばかり。必死でパパの気を引こうとしてわざと怪我してみたり、自殺未遂をしたり、突然泣き叫んだり、壁の陰からじっと私を見つめてたりした。自滅していったんだよ、ママは。

……そして、ある日ママは壊れたの。

私が外出から戻ってきて、自分の部屋に入った時だった。ママがね、いたの。

私の制服を着て、私の椅子に座ってた。

鏡を見て、マユリったら本当に美人ね、そりゃパパも好きになっちゃうよねって繰り返してた。

私の下着をつけて、私の教科書とノートを開いて、私の携帯持って……。パパが帰ってきたら、『お帰り、パパ！』って言って抱きついてた」

「制服を着たユウミ、可愛いよね……僕は、いつも見てたよ」

「あんたバカじゃないの？　ちゃんと話聞いてる？　私からすればホラーでしかないよ。自分の母親がセーラー服着てる姿、想像してみ？」

僕は想像する。魅力的で、にやにやする。

マユリはため息をついた。

「はあ。どうしようもないね、君も。まあいいや。とにかくママは、私になりたかったんだろうね。肉体と精神を入れ替えて、娘になってしまいたかったんだ。そうすればパパの愛情が手に入る。全てがうまくいくと思ったんだと思う。そう考えているうちに……自分の妄想に呑まれた」

「だから、ユウミは自分のことをマユリと言っていたのか」

「そ。もうママは、自我を失ってた。マユリという、新しい人格で自分を上書きしちゃったの」

「信じられない……」

しかし、筋は通っている。

ユウミはあの年齢なのに、ずっと父親の言うことを聞いていたのは、自分を娘だと、まだ未成年だと思っていたからなのか。「**マユリと同じ年で立派に自立している人なんていくらでもいる**」と僕は手紙に書いたが、ユウミには本当の意味では届かなかった。

しかし、自我を上書きするとは。どれだけ悩めばそんなことになるのか。

さぞ、辛かったんだろうな。ユウミは。

エイスケの奴が十分に愛を注がなかったから悪いんだ。僕だったら、そんなことはしないのに。可哀想に。ユウミ。

「そして、私の家庭も完全に壊れた。そりゃそうだよね。マユリが二人なんて、狂ってる。私はママを入院させるようパパに言ったけど、パパは嫌がった。パパはそんな風になっちゃったママのことも、愛してたんだ。パパはママと一緒に暮らす道を選んだ。ママがマユリでいたいなら、好きなようにさせてやって……少しずつ、治療していこうとしていた。つまり私より、ママを選んだってわけよ」

マユリの目は、負の感情を宿して暗く光っている。

「ふむ」

「私は、我慢ならなかった。すぐに家出したよ。あんな狂った家にいられない。パパにもママにも、私は必要ないんだから。そんなパパとママ、私だっていらない」

「それでキャバクラか」

「生きていくためには何でもやるしかなかったんだよ。他にも色んな仕事をしたけどね。ちゃんと自立して、暮らしてるんだから立派でしょ。娘に成り切って、自己満足してるオバサンなんかよりも」

吐き捨てるように言うマユリ。

「家には、たまに様子を見に来てはいたんだけどね。もちろん外からこっそり覗く程度だよ。でも、その度にママがどんどん壊れていくのを確認するだけだった。もう完全に自分が娘だと思って疑ってなくて。辻褄を合わせるためかな、他人の区別もつかなくなってた。鏡を見て、会話したり。完全におかしいよね、考えてみなよ。セーラー服着たオバサンがさ、コンビニで買ったジュース持って、公園で鏡と喋ってるんだよ。もう、自分の母親だなんて認めたくないよね」

「ああ、それは僕も見たな……」

不思議ちゃんなところも、可愛いと思っていたけれど。

「あれって絶対、ママが自分でそうなったんだと思う。だってそうじゃん。鏡を見れば、老いた自分の顔が映っちゃうわけでしょ。自分では女子高生のつもりなんだから、矛盾じゃん。だから、妄想で上書きしたんだよ。鏡には自分以外が映ってることにしたんだ。学校に行っているという『設定』の癖に友人や先生と会うこともないわけだから、その分も妄想で補うの。妄想を成立させるためには、人の顔が判別できると都合が悪いよね。だから、わからなくなった。ママは病気にかかったんじゃなくて、自分で病気になったんだよ」

「……君の言う、現実世界より妄想を選んだってことか」

「それ」

マユリはわが意を得たりと、僕を指さした。

「そんな都合よく狂ってしまうことが、あるのかな」

「逆だよ、リョウタ。『都合のいいように狂った』の。ママの場合、発狂は受動的じゃないの。能動的な行為なんだよ」

「そんな……ものかな」

僕は頭をかく。

しかし、可哀想なユウミ。

運命の相手ではない男と結婚し、子供まで作ったせいで、壊れてしまった。

僕ともっと早く出会っていれば良かったのにね。僕だったら、ユウミをそんな目にはあわせない。無限の愛情を注いで、いつまでもずっと二人きりだ。

全ての元凶はエイスケだ。

早く、あいつからユウミを僕の元に取り戻さなくては……。

僕は拳を握る。

「ま、皮肉だよねー。パパの気持ちを自分のものにしたくて、ママは私になったわけでしょ。それが、私に成り切りすぎちゃって、パパの愛情が受け入れられなくなった。本末転倒ってやつ？　パパのフツーの恋愛感情を、娘と父の禁断の関係みたいに感じてるわけだよね。その点はちょっとパパが可哀想だなあ。自分の妻に『お父さん』って呼ばれる気持ち、どんなものだろうね？」

「可哀想なんかじゃないよ」

要するに、エイスケじゃダメだってことだ。ユウミの旦那（だんな）は、僕でなけりゃいけなかったんだ……。

「ま、そういう意味では、狂っても都合のいいことばかり、ではなかったかも。ママにとってはパパの愛情よりも、私になる方が重要だったのかな。哀れだね、パパも……自分の妻を愛せば愛するほど、こんぐらがってしまうんだから」

「エイスケの愛情なんて、受け入れる必要はないよ。ユウミは、僕と結ばれる運命だったんだから。エイスケは、分不相応な恋から身をひくべきなんだ」

僕が言うと、マユリはふうと息をついた。

「君、凄いね。話を全部聞いても、ママへの愛情、揺るがないんだ」

「当たり前だろ。僕の愛情はそんなことで変わりはしない」

「君も頭おかしいよね。いい意味で」

「僕の恋路を邪魔するつもりなら、君だって許さないぞ」

マユリは首を振る。

「いやいや、邪魔なんてしないよ。むしろ逆。応援するっての。そのために、色々話したんだから」

「……何？」

「ね。協力しない？」

マユリは人差し指を立てて、唇の前に持ってきた。

「どういうことだ？」

「二人で、パパをさ。殺しちゃおうよ」

マユリは悪魔的に笑った。

§マユリ

「夜寝られないって、地味に苦しいんだよ」

私は言う。風が、短い髪を揺らしていく。

「僕はいつも安眠できるから、よくわからないな」

後ろに私を乗せ、リョウタは自転車をこぎ続ける。

「何？　ママの夢でも見るわけ？」

「ユウミが出てきてくれたことはないな。出てきてほしいのに」

「私のママじゃなくてさ、自分のママだよ」

「何でそんなこと聞くんだ」

私はへへっと笑い、リョウタの腹に回した手をぎゅっと締める。

「あんた、マザコンっぽいもん」

「黙れよ」

はたから見れば、カップルだと思うだろう。しかし私たちはそんな関係ではない。共犯者なのだ。お互いの目的のために協力し合う、あくまでビジネスパートナー。

「私はいつも、眠れない。嫌なことや悲しいことがいくつもいくつも頭をよぎって、ちっとも落ち着かない。そしてたまに短い眠りに入れたと思うと、猛烈な悪夢」

「自分の両親が、トラウマだってわけ？」

「トラウマに決まってるじゃん！」

私は叫んだ。

「あんたに想像できる？　自分のママが、おかしくなったんだよ。そして、私は家から出るしかなかった。自分の居場所が、なくなったの。喧嘩したとか、仲が悪くて勘当されたとかじゃないんだよ？　わかる……？　もう一人の自分が現れて、私を乗っ取ったの！　この喪失感、理解できるの？」

「ちゃんとはわからないけど……同情はするよ」

リョウタはあまり興味がなさそうにそう言った。

大型ディスカウントストアの店頭に到着し、リョウタが自転車を止める。私は飛び降りる。リョウタは話を切り上げたそうだったが、私は言い足りない。自転車の鍵を閉めているリョウタに向かって続ける。

「両親なんだよ？　一人娘に、愛情を注ぐべきじゃん。ママがおかしいなら、パパはママを病院に入れるべきじゃん。ママだって、パパの愛情を私に取られたって、我慢すべきじゃん。二人とも、私を最優先にしろっての。パパとママだけは、私を一番愛するべきなの。無償の愛を、一生捧げるべきなの。なのに何なのこの仕打ち？　私、何のために生まれてきたの？」

「ついたよ」

彼にとってはあくまで大切なのはユウミなのだろう。私のことはどうでもいいと考えているのがよくわかった。ユウミを手に入れるための、道具くらいにしか思っていない。

それでも私は言い続ける。

「……私にとってパパは、屈辱を味わわせてくれた悪魔なの。そして、永遠に手に入らない宝物。ママは、パパという宝物を奪った悪魔であり、パパという悪魔が大切にしている宝物でもある」

「何？　悪魔……宝物？　ややこしいな、早口言葉みたいだ……早く、行くよ」

リョウタは私を引き連れて、防犯グッズ売り場へと向かう。以前、そこで警棒を買ったそうだ。

「私はね、この絡まり合った糸みたいな、狂気と愛情の迷路をぶっ壊したいの。もう、いい加減うんざりなわけ。最初はさ、家出すれば吹っ切れるかと思ったよ。でもね、ダメ。パパとママが狂気の中で生活を続けていると思うと、イライラするの。むかつくの。夜中に歯ぎしりが止まらなくなって、煙草もお酒も全身をかきむしるのもやめられなくなって、眠れなくなるの」

　私はそこで、ちょっと段差につまずいた。頭にかっと血が上り、段を蹴りつける。レジの店員さんが不審そうにこちらを見た。

　感情が抑えられない。いらだつ自分が、止められない。

「わかってるよ。だから、僕たちは協力するんだろう」

「そうね」

「エイスケは殺し、ユウミは僕と一緒になる」

「そう。そう。そうなの。パパもママも、壊しちゃうの。狂気を、愛情を、ばらばらにして、封印してしまえばいい。そうすれば、私はきっと安眠できる。あー、ほんとにリョウタがいて良かった。こんな事情を共有できて、一緒に戦ってくれる人なんてなかなかいないから」

　私は本心から言う。

　リョウタは白けたように笑った。

「わあ、すごい。色んなグッズがあるんだね」

　売り場は広かった。警棒、ナイフ、スタンガン、手錠に木刀にメリケンサック。私はそれらに飛びついて、手に持ってみる。武器。これがあれば、悪夢を終わらせることができる。絶対に失敗はしたくない。そのために用意は周到にしておきたい。

私は売り場にあるものを根こそぎ籠に入れていく。

「ずいぶん買うんだね」

「うん。でもこれだけじゃ足りない。ホームセンターにも行って、包丁とかもたくさん買おうよ」

リョウタは心配そうに私を見た。

「おい、確認するけど、ユウミは……」

「わかってる。ママに危害は加えない」

「約束だぞ。破ったら許さないからな」

「その代わり、こっちの約束も守ってよ。パパは殺す。ママはあなたが責任もって監禁する。二人とも、二度と私の目の前に出てくることがないようにしてほしいわけ」

「ああ。ユウミは、僕と永遠に一緒だ。どこにも行かせないよ」

リョウタはにやにやと笑った。よからぬ想像でもしているのか、涎が垂れ、それを腕でさっと拭く。

「うん、それでOK。私の世界からはパパとママが消える。あなたは恋敵が消えて、恋人といつまでも幸せに過ごす。お互いにハッピー、それでこそ共犯」

「楽しみだね」

「これで全部、ケリがつくの。ユウミという女が作り出した狂気の連鎖が、終わる。ああ、さっぱりするだろうな！」

「僕もようやく、運命で約束された相手と一つになれる……」

リョウタは嬉しそうにため息をついた。

私も目を閉じ、素敵な未来を頭に描いて、しばし幸せに浸った。

何か、不思議な感じがした。

初めて小学校に行く前。高校の試験に合格した時。最初の彼氏とのデート。

そんな時と全く同じ、桃色の期待感が、心に満ちている。

これから人を殺しに行くというのに。

それも、実の親を。

気付くと、私はリョウタをじっと見つめていた。その、幸せそうな顔を。

「……何だよ？」

「いや、別に。私たちも……おかしいよね」

「おかしいって何が？」

「ママとは別の形で、それぞれイカレてるってこと」

「僕は正常さ」

「どの考えが正常で、どの考えが異常だって、誰に決められるんだろうね？　そもそも『自分は正常』って言うのって、狂気的な気がする……」

「何ぶつぶつ言ってるのさ。怖くなったのか？　僕は一人でも、やるぞ」

リョウタは鼻で笑った。

そして籠を持って、歩き出した。

店内にはたくさんのお客さんがいる。ツマミを買っている中年男性、仲良く家具を見ているカップル、お菓子を選んでいる子供連れ……。

私たちは彼らの中に溶け込んでいる。しかし、心の中は彼らとはかけ離れている。異物。なんだか怖くなって、私は急いでリョウタの後を追った。

Яリョウタ

「で、マユリ、ユウミがいる場所はわかるの？」

僕は床に、買ってきたものを一つ一つ並べていく。

マユリは偉そうに仁王立ちしながら、それを見ている。

「たぶんね。パパ、荷物も持たずに車で出てったんでしょう？　なら、別荘だと思う。あそこなら最低限のものが揃ってるから」

「別荘なんてあるんだ」

「パパ、精神科病院の院長だったから。金持ちなわけ」

狭いワンルームは、みるみるうちに武器や道具で埋まっていく。

「ふーん……場所は？」

「長野。ここからだと、二時間かからないくらいかな。あんた、車持ってる？」

「ないよ」

「え？　車持ってないの？」

「別に欲しくないし、買うお金もない」

「……そもそも、あんた仕事は何してんの」

「コンビニバイトしてた」

「してたって……今は？」

「無職」

「……あんた何歳だっけ」

「今年二十九」

呆れた、という顔でマユリは頭に手をやった。

「はあ……そう。まあいいや、私の車で行こっか。積めるかなあ、これ全部」

僕とマユリは改めて、用意したものを見る。

警棒にスタンガン、催涙グレネードといった武器。それからガスマスク、防刃シャツなどの防具。さらに、ホームセンターで購入した物品が多数。長い包丁数本、ナイフ、ノコギリ、ハサミ、金づち、ヤスリ、バケツ、ホース、雑巾、芳香剤、洗剤、ビニール袋……。

人を襲い、殺し、そして処理するために必要な道具類だった。

作戦は単純にして強引。

窓を割ってもいいし、ドアをこじ開けてもいい。とにかく別荘に穴をあける。そこから催涙グレネードをぶち込む。ユウミとエイスケが行動不能になっているうちに、僕たちはガスマスクをつけて突っ込み、エイスケを殺害。ユウミを拉致する。

エイスケの死体は、別荘で解体し、処理する。

マユリによると、別荘は山奥にぽつんと立っていて、人目につくことはないそうだ。死体をうまく処理してしまえば、二人の人間がひっそりと失踪するだけ。身元を探す人間などもいない。親族で近しい関係にあるのは、マユリだけとのこと。

大ざっぱで頭の悪い計画ではある。が、下手に策を弄するよりも発覚しにくいと、マユリは自信たっぷりに言った。そんなものかなと僕は思った。

僕はと言えば、ユウミのことで心がいっぱいだった。

とにかく急いでユウミを取り戻したい。今もなお、ユウミはエイスケに閉じ込められているのだ。ああ、可哀想なユウミ！　誰だってそう思うだろう。むしろエイスケを殺したって、正当防衛になるんじゃないか？

……言い過ぎか？

並んだ武器を見てマユリが、うんうんと頷いた。

「ま、これだけあれば何とかなるかなー。ところであんたさ、ママを拉致した後、監禁する場所に心当たりはあるの？」

「え？……いや、特には」

「どうするつもりなの」

「助け出してから、二人で相談して家を探せばいいかと」

「……あのねえ。能天気もいい加減にしてよね」

マユリがずいと歩み出て、僕を睨む。

「いい？　あんたがヘマしたら、私まで警察にマークされんのよ。そんな行き当たりばったりでいられたら、困るの」

「……じゃあ、どうすればいいんだよ」

「まあいいや。別荘には、地下室がある。倉庫含めて三部屋あるんだけど、二部屋は全く使われてないのね。そこ、使っていいよ。地下なら目立たないし、鍵もかけられるはず。っていうか、あの別荘あんたにあげる」

「いいの？」

「いいよ。どうせ所有者は死ぬ。私には不要。その代わり別荘から一生出てこないでね。

せいぜい、麓(ふもと)まで食料買いに行く程度にして」

　願ってもない話だ。

　もとよりユウミと結ばれたら、外には極力出たくない。できるだけ長い時間を、二人で過ごしたいからだ。

「わかった」

「よし。じゃ、具体的な計画を立てようか……実行は、いつがいい？」

「できるだけ早い方がいい」

　僕は即答する。

「私も同じ。でも、あんた怪我してんじゃん。右手。大丈夫なの？」

「ああ、これなら平気だよ。たいしたことないから」

　僕は右手の包帯を見せて笑う。まだ指の骨は完治してはいない。だが、支障はないだろう。人差し指一本動かなくたって武器は持てる。痛みは、ユウミのことを想えば我慢できる。

「……ふうん。なら、いいか」

　マユリは微笑んだ。僕たちは大量の武器と「解体道具」を前に、いつまでもにこにこと笑っていた。

その日は曇天だった。

僕たちはマユリの車に乗り、一路別荘へと向かう。

今行きます、王女ユウミ。王子リョウタより。

長い恋路は、今決着の時を迎えた。

君をさらった悪魔エイスケを倒し、僕は高らかに勝利を謳い上げるだろう。そしてこの物語は、永遠に語りつがれるだろう。

苦難はある。だが挑戦しがいもある。試練に打ち勝った時、雲は晴れて太陽が僕たちを包む。そうしたらユウミ、君は僕にキスをしておくれ。

僕は抱擁でそれに返すから。

そして二人は、永遠にこの世界で愛に溶けあうのだ。

さあ、行こう。無限に続く幸福の輪廻のその果てに――。

「声に出てるよ、気持ち悪いからやめて」

マユリはハンドルを握ったまま、吐き捨てるように言った。

§マユリ

ぜえぜえ。ぜえぜえ。

……あ。

ぜえぜえ。

気付くと、私は肩で息をしていた。

気管を駆け抜ける呼気が、ごうごうと喉をこする。右手に摑んだ包丁が、震えていた。強く握りしめすぎていて、掌が痛い。よく見ると皮がむけていた。そして夥しい返り血。床には折れた包丁が何本も落ちている。血で濡れた絨毯。

記憶が飛んでいる。

さっきまで私、車を運転していたはずなのに……。

目の前にはぼろくずのように倒れている男がいた。髪の毛を摑んで引っ張り、顔を見る。パパだ。辻沖エイスケだ。すでに息はない。澱んだ眼球は、彼方を見ている。

「……やったのね、私」

独り言を口にする。

達成感より先にやってきたのは、虚脱感だった。全身の力が抜けて、私は座り込んだ。体中に張り巡らされていた操り糸が、一斉に切れたような感じだった。そして記憶がよみがえってくる。

別荘の少し手前で、私たちは車を止めた。そしてそれぞれ装備を身に着け、木々に隠れて前進した。リョウタが催涙グレネードを取り出し、私に向かって手を振る。私は頷く。

催涙グレネードは、一見、少し大きなヘアスプレー缶というところだ。しかし中身は、暴徒鎮圧にも使える本格的な催涙ガス。こんなものが六千円ほどで買えるというのも驚きだ。リョウタがボタンを押すと、猛烈に茶色の煙が噴き出し始めた。私は警棒で窓ガラスを割る。リョウタはそこに、グレネードを放り込む。一つ、二つ、三つ……投げ込み続ける。

すぐに、室内からせき込む音が聞こえてきた。

こちらも辛い。刺激臭が漂い、鼻の奥がつんとする。ガスマスクをしているとはいえ、完全には防げないようだ。やはり、安物じゃダメか。しかし動くことはできる。

まずリョウタが警棒を振るい、窓を粉々に破壊して躍り込んだ。右手の怪我は本当に平気なようだ。私は安心しつつ、その後に続いた。視界は悪く、目の前を走るリョウタの姿を見失いそうになる。黒い防刃ベストを着た背中を、必死で追う。

応接間に入る。人の姿はない。キッチン。いない。では二階か地下室だ。私たちはまず、階段を上がる。

ガスは空気より重く、ゆっくりと沈殿する。階段の踊り場あたりから、次第に視界は晴れていった。二階の廊下まで来ると、ほとんどガスは感じられなかった。私とリョウタは手分けして部屋の扉を一つずつ開け、中を確かめていく。

二番目の部屋だった。昔、私の部屋だった場所。

そこの扉を開けると、ママに出くわした。

「……」

ママは私のワンピースを着ていた。私の靴下を履いて、私のヘアゴムで髪を留めていた。顔は、驚くほどにそっくりだ。しかし、顔には皺が走り、肌にうるおいはない。そして髪には白髪が混じっている。

老いた自分を見ているような気分になる。

「……ママ」

私が言うと、ママは怯えたように一歩下がる。

「私がわからないの？　ママ」

「誰……？　何……？」

私の背後からは、リョウタが別の部屋の扉を開ける音が聞こえてくる。

「これでも、わからない？」

私は無性にイライラして、ガスマスクを外して素顔を晒した。

ママが、絞められた鶏のような声を出した。その目は限界まで開かれ、口は嘴（くちばし）のように尖（とが）る。そして、みるみる青ざめていった。

「私だよ。本当のマユリだよ。ママがなりたかった、マユリだよ！」

「どうして……どうして私が二人……？」

「私が二人、じゃないよ！　私は一人だけ。あなたはマユリじゃないの！」

「あなた誰？　偽物……？　私がマユリじゃない……？　嘘、嘘。嘘」

人間とはこんなにも、動揺するものだろうか。

今ここで、倒れて死んでもおかしくない。そう思えるくらい、ママは狼狽していた。

「どうしたの？　私の存在、忘れてたの？」

「嘘、嘘、嘘……私、え、嘘、私、マユリ、え、私……」

「都合よく忘れてたんだね。でも、こうして実物を目の前にしても、自分を騙していられる？　私が本当のマユリ！　ママは、マユリに成り切ってただけ！」

「違う、私、ママは、パパ、マユリが、先生……」

「マユリは私。家を追い出されたマユリ。私がこれまでどうしてたか知ってる？　キャバクラで働いたりしながら、必死に生き延びてたんだよ。そして今日、戻ってきたんだ。パパとママに、現実を伝えるために！」

気持ち良かった。ママ、自己満足は、もう終わりだよ。

ママの慌てっぷりを見て、私はせいせいした。

「本当はわかってるんでしょ？　頭のどこかで、気付いてるんでしょ？　自分が偽物だってことに……」

「違う違う違う違う」

「そうでしょ？　ママ……自分の名前、わかる？」

「私……」

「ユ、ウ、ミ」

「ユウミ……嘘……そんな。それはママの名前のはず。そんな。そんな」

「あなたがユウミなの。正真正銘、私のママ。娘に嫉妬して自分を偽った、狂人」

笑いがこらえきれない。ざまあみろ。

「見つけたぞ！　この、悪魔が！」

背後から、大声が聞こえてくる。リョウタの声だ。

振り向くと、後ろの部屋でパパがうずくまっているのが見えた。

「この前はよくもやってくれたな！　これを見ろ！　指を！　ケガしたんだぞ！　お前が！　やったんだ！　死ね、死ね、死ねえ！」

リョウタは躊躇なく、パパを警棒で殴りつけている。

嫌な音がした。

何かが割れる音、何かが折れる音、何かが砕ける音。

「ざまあみろ！　ざまあみろ！　ざまあみろ！」

ガスマスク越しのくぐもった声で、リョウタは絶叫した。

殴られ、骨を折られ続けるパパ。

私も、ママも、茫然とそれを見つめ続けている。

ふと、パパが苦しそうに唸った。

思わず「やめて！」と叫んで割って入りそうになるのを、必死でこらえた。

だめ。パパに同情しちゃだめ。何のためにここまで来たんだ。パパを見逃したら、また眠れなくなる……。

抵抗らしい抵抗もなかった。十分ほど暴力の嵐が吹き荒れ、そして止んだ。

パパは潰された虫のようになっていた。四肢は全て逆を向き、体は平たく伸びている。

痙攣し、目と口がかすかに動いている。

リョウタはパパの上に足を乗せ、警棒を掲げていた。

彼の中では自分の姿を、悪魔を撃ち斃した勇者と重ねているのだろう。

この、変態イカレ野郎め。


「……お。見つかったんだね、ユウミ！」

リョウタは肩で呼吸しながら、こちらを振り向いてそう言った。

「あ……うん」

「ユウミ！　久しぶり！　君に会いたくてたまらなかったよ」

リョウタはパパの上から下りると、ガスマスクを外しながらつかつかとこちらに近づいてくる。私の脇を抜け、ママの目をまっすぐ見て、笑顔で歩み寄っていく。

「無事で良かった！　ユウミ、僕だよリョウタだよ！　助けに来たよ。もう大丈夫、あの悪魔は僕が成敗しておいたからね。さあ、これからは一緒に暮らそうね！」

ママの顔が歪むのが見えた。それは笑顔のようにも、泣き顔のようにも見えた。とにかくママの顔は、ぐちゃぐちゃに歪んでいた。

私以外の人物が、リョウタまでもが、ママのことを「ユウミ」と呼ぶ。

ママの自我、マユリと思い込んでいた自我の根底が、揺らいでいるはずだ。

ママは今、数年に及んで見ない振りをしていた現実と向き合っている。妄想で包まれた世界に、現実という剣が突き刺さり、切り刻んで破壊していく。

「おっ、おっ、おふっ」

ママは口を手で押さえてえずく。

「さあユウミ、僕と一緒に暮らそう。地下室を、君の家にしてあげるから」

ママはふらふらと二、三歩だけ歩き、そして倒れた。

薄目を開け、口の端からは泡を吹いている。

「……思い……出した……」

ママはそう言った。それきり、何も言わなくなった。

虚空を見つめて茫然としている。

気絶しているのかもしれない。

私はママを見下ろす。因果応報だよ。ママが作った妄想のせいで、ママはそうなったんだ。

心に充実感が満ちていくのを感じた。

「ユウミ……大丈夫？」

リョウタがママの体をさする。

「大丈夫でしょ、死にゃしないよ。心は壊れちゃってるかもしれないけど」

私は言い捨てる。ママに対して残酷な言葉を投げかけるのが、気持ち良かった。

「あ、本当だ。息がある。なら大丈夫か……」

それで納得するなよ。リョウタはにこにこ笑いながら、失神したママの顔を愛おしそうに見つめている。

「マユリ、僕はユウミを地下室に連れて行くね。早く二人の暮らしを始めたいから」

「あ、うん」

リョウタはママの体を担ぎ上げる。そして私を見た。

「だからあれの処分、よろしく」

くいっと顎で後ろの部屋を示す。

あれ。

私は振り向く。

そこでは瀕死(ひんし)のパパが、虫けらのように蠢(うごめ)いていた。

リョウタが踊るような足取りで立ち去り、二階にはパパと私だけが残された。

書斎で、パパはぴくぴくと震えている。

もう、意識はないだろう。でも、かろうじて生きている。

その命は、私次第だ。

これからパパを殺し、その死体を処理しなくてはならない。

殺そう。

心の中で呟く。

「殺そう」

実際に声に出してみる。

怖くなんかない。もともと、私が立てた計画だ。殺すつもりで道具も買った。怖くなんかない……。

鞄の中から、包丁を手に取る。

口を開き、目一杯の大声を出して、自分を鼓舞する。そして目を閉じ、包丁を思いっきり振り回した。当たらない。

もう一歩踏み込まなくては。当たらない。もう一歩踏み込まなくては……。

硬い手ごたえ。目を開くと、包丁がパパの肩あたりにめり込んでいた。つうと血が流れ出てくる。恐ろしくなって手を引っ込める。包丁は、めり込んだままだ。

汗がだらだらと流れてくる。

パパの笑顔が思い出される。パパに抱っこされたこと、肩車してもらったこと、一緒に動物園に行ったこと、欲しかった人形を買ってもらったこと……。

殺せない。優しかったパパ。

今度は、パパがママを抱いている姿が思い出される。愛おしそうに、大切そうに、私の格好をしているママを撫でている。私は叫ぶ。

パパ、ママは私の服を取ったんだよ！　私の名前を取ったんだよ！　私の居場所を取ったんだよ！　パパは答えない。私が泣いているのがわかっている癖に、無視する。その目はママだけを見ている……。

許せない。私を捨てたパパ。

パパはいつだってそうだった。私よりも、ママを大事にしてた。いいじゃない、ママがリストカットしたって？　私が転んで膝をすりむいた方が重要でしょ？　ママは大人で、私は子供なんだよ？　どうして私を見てくれないの？

ママは、私を疎んじてる。私にはわかるんだ。ママは、パパの愛情が私に少しでも取られるのが嫌なんだよ。だからママは私を愛してくれない。それどころか、ママはパパの気を引こうと、手首切ったり怪我してみたり、わざと睡眠薬飲んだり、そんなことばっかりしてる。パパはどうして騙されちゃうの？　ママの自己アピールに、振り回されてばかり。そのせいで、パパも私を十分に愛してくれない。

私を誰も愛してくれない！

私、寂しいのに！

どうしたらいいかわからなかった。わがまま言ったり、駄々をこねたりするくらいしか、思いつかなかったの。でも私は、私なりに一生懸命ママと戦った。パパを巡って、争った。でもパパは……ママを選んだ。

誰も私を愛してくれない！

そんなパパも、ママもいらない！

いらないんだ！

包丁は、何本も持ってきた。私は新しい包丁を鞄から取り出して握る。

それからもう一度大声を上げてみる。しかし手は動かない。

優しかったパパは、殺したくない。でも私を捨てたパパは、殺したい。

パパの一部だけ、生きていて欲しいんだ。他は消滅して欲しい。これはわがままなの？　都合がいいの？

パパは一人。優しかったパパは、私を捨てたパパ。二つは繋がっている。

じゃあママがいなかったら良かったのかな？　ママが壊れなかったら、パパは素敵な存在のままでいてくれた？

そうだ、きっとそうに違いない。つまり殺すべきはママなのかもしれない。ママ、消滅してしまえ。ママなんてこの世に存在しなければ良かった。

ちょっと待って。ママが存在しなかったら、私は生まれない。だからママは存在していなくちゃならないよ。ママが私を産んだまではよし。そこまでは良かったんだ。壊れてから、おかしくなったんだよ。どうしてママは壊れたんだっけ？　あ、そうか、私がいたからだ。私が綺麗だったから。私がパパを手に入れようとしたから。ということは、私が悪いの？

私が死ねばいいの？

え？

私？

私死にたくない。

私死にたくない！

頭を抱えて座り込む。混乱している。思考の焦点が定まらない……。

こんなに、パパを殺すのが難しいなんて。こんなに苦しいなんて。こんなに頭が痛いなんて。

私は生き残らなくてはならない。

だから、悪いのは私じゃない。ママが悪いから。私であってはならない。

ママが壊れたのは、ママが悪いから。ということでママは、リョウタにあげちゃう。煮るなり焼くなり、結婚するなりレイプするなり、勝手にすればいい。ママの処分はこれで完了。

パパは優しいパパだったけど、過ちを犯した。それはママを愛したこと。パパは私のものにならなくてはダメ。

パパ、そうでしょう？　ママを愛して私を産んだのだって、私に会いたかったからでしょう？　私という本当のパートナーをこの世に生み出すため、ママという道具を使っただけでしょう？

そう、そう、そうだよね。そうに決まってる。

……じゃあなんで私を捨てたの……？

私を誰も愛してくれない！

許されない。

許されない！

そんなパパ、大嫌いだ！

……あ。

気付くと、私は肩で息をしていた。

気管を駆け抜ける呼気が、ごうごうと喉をこする。右手に摑んだ包丁が、震えていた。強く握りしめすぎていて、掌が痛い。よく見ると皮がむけていた。そして夥しい返り血。床には折れた包丁が何本も落ちている。血で濡れた絨毯。

記憶が飛んでいる。

目の前にはぼろくずのように倒れている男がいた。髪の毛を摑んで引っ張り、顔を見る。パパだ。辻沖エイスケだ。すでに息はない。澱んだ眼球は、彼方を見ている。

「……やったのね、私」

独り言を口にする。

達成感より先にやってきたのは、虚脱感だった。全身の力が抜けて、私は座り込んだ。体中に張り巡らされていた操り糸が、一斉に切れたような感じだった。そして記憶がよみがえってくる。

私は瀕死になったパパの前で、ずっと躊躇していた。

殺そうと思ったり、殺せないと思ったり、心は上下を繰り返してまとまらない。だけどいつまでもこうしてはいられない。決めなきゃ。

前に、進まなきゃ。

落ち着いて考えるんだ。殺さないよりは、殺した方がいいじゃないか。

毎日毎日、眠れないのはもう嫌なんだよ。

夢にパパが出てくるんだ。パパはママを見て「ユウミ、愛してるよ」と呟く。そして次にママを見たまま「マユリ、愛してるよ」と呟く。

私はそれを、ずっと遠くから見ている。

「違うパパ、それはママだよ。私はここにいるの。マユリはここにいるんだよ」

私は叫ぶけれど、パパは気付かない。私が見えていないみたいに、ママを愛し続ける。愛の告白から始まり、キス、濃厚なセックスと続いていく。それをずっと見せつけられる。何時間も何時間も続くように感じる。全身汗だくで目覚める。時計を見ても、時間は五分と過ぎていない。

眠くてたまらなくなってもう一度目を閉じる。でも五分後には同じ夢を見て起きるはめになる。眠るのが怖くて、眠らないのが辛い。

「パパ、私はここにいるよ」

包丁を握りしめる。

「ここにいるんだよ！」

切りつける。首のあたりを狙ったが、背に当たってしまった。

「私はここだ！　ここ！　ここっ！」

二度三度と、力任せに振り回す。切っているというよりは、殴っているような感触だった。包丁は欠け、そして次に殴った時にばきりと音がして床に転がった。取っ手から先が外れていた。

包丁はまだまだある。新しい包丁を持ち、私は目を閉じた。慌てるな。

想像するんだ。パパをうまく殺せた場面を。

そう、パパは体中を包丁で刺される。もちろん何本かは折れてしまうけど、そのうちの何本かは致命傷を負わせる。パパは動かなくなる。倉庫の床に倒れ、目は濁り、肺は縮み、心臓は止まる。

できる。私にはできる。

それを想像しろ。

そして想像に、現実を近づけろ。

やるんだ。

……あ。

気付くと、私は肩で息をしていた。

気管を駆け抜ける呼気が、ごうごうと喉をこする。右手に掴んだ包丁が、震えていた。強く握りしめすぎていて、掌が痛い。よく見ると皮がむけていた。そして夥しい返り血。

床には折れた包丁が何本も落ちている。血で濡れた絨毯。

記憶が飛んでいる。

目の前にはぼろくずのように倒れている男がいた。髪の毛を掴んで引っ張り、顔を見る。パパだ。辻沖エイスケだ。すでに息はない。澱んだ眼球は、彼方を見ている。

「……やったのね、私」

独り言を口にする。

達成感より先にやってきたのは、虚脱感だった。全身の力が抜けて、私は座り込んだ。体中に張り巡らされていた操り糸が、一斉に切れたような感じだった。そして記憶がよみがえってくる。

Яリョウタ

「ああ、ユウミ、これから二人の生活が始まるんだね！　僕、幸せだよ。本当に幸せだよ……」

僕はユウミの頬にキスを連発する。

ユウミはうつろな顔で、されるがままになっている。きっと喜びと驚きのあまり、ショックを受けちゃったんだね。可愛いなあ、本当に。

僕はぎゅっとユウミの体を抱きしめた。

柔らかな感触。

僕は怪我した右手をかばいつつ、ユウミの体を担ぎあげ、階段を下りていく。

少し重かったが、このしっかりとした肉付きがまたいい。確かな手ごたえ。幸せな重み。

地下へと入る。そこには長い廊下があり、突き当たりが倉庫。途中、左右に個室が一つずつ。この個室が、僕たちの愛の巣となる。

どちらの部屋を使おうかな。僕は右側の扉を開けてみる。打ちっぱなしのコンクリートに囲まれた、殺風景な部屋だ。鏡と洗面台がある以外、家具は存在しない。左側の扉はどうだろう。

扉を開くと、さっきの部屋と全く同じ光景が待っていた。

「うーん、両方ともシンプルな部屋だね。ユウミ、どっちがいい?」

返答はない。

「……まあどっちでもいいよね、後で家具なんかは集めてくればいい、そうだろ?　ユウミ」

僕は片方の部屋に入り、床にユウミを優しく寝かせた。

「毛布を持ってくるから、少しだけ待っていてくれよ」

そう声をかけて、僕は部屋を出る。廊下には鍵置きがあった。

「ふーん、これが鍵か……」

キーチェーンごとそれを取り、僕はユウミを入れた部屋の鍵を閉める。

「閉じ込めるような真似をしてごめんよ。君と離れたくないんだ。いや、君が逃げるだなんて思ってはいないよ？　でもさ、君を連れ去るような奴がいないとも限らないからね。あの悪魔エイスケのように。さ、すぐに戻ってくるからね」

がちゃりと音がした。ドアノブを引いてみて、開かないことを確認する。

よし。

さて、何を持ってこようかな。まずは毛布だ。布団もいる。二人で眠るから、二人分だ。それからテレビかな。この別荘にゲーム機はあるだろうか。ユウミと一緒にゲームがしたい。他には、おまるなんかもあった方がいい。ユウミは基本、この部屋で生活してもらうからね。それから着替え。後は……。

僕は考えながら、二階へと上がる。

「……」

ぼそぼそと呟くような声が聞こえてきた。

マユリの声だ。

自分に言い聞かせるように、おかしなイントネーションで、延々と呟いている。

「何、独り言いってんの？」

僕の呼びかけに、返答はない。

「どうした？　エイスケにとどめは刺したのかい？」

僕は廊下を進み、書斎に入った。

本棚に囲まれた部屋の中央にエイスケが倒れていて、その脇にマユリが茫然と立ち尽くしている。

「マユリ、聞いてる？　ユウミはもう、部屋に入れてきたよ」

僕はマユリに歩み寄る。

「後は、毛布とか持っていこうと思ってるんだけど……」

「……殺さなきゃ、殺さなきゃ」

マユリは包丁を持ったまま、ぼうっとどこか遠くを見、ぶつぶつ何か言っている。

「殺さなきゃ、パパを殺さなきゃ……」

何言ってんだこいつ？

僕はエイスケを見る。

「なーんだ、まだとどめ刺してないじゃないか」

エイスケは動けずにいるが、まだかすかに息をしている。僕が警棒で叩きのめした時と、さほど変化はない。マユリはずっと、ここで殺すのをためらっていたようだ。

要するに、怖気(おじけ)づいたんだね。

「殺したいって言ってたのはそっちの方だろ？　ここまで来て怖くなったわけ？　意外と度胸ないんだね、君は」

マユリは答えない。憔悴(しょうすい)していて、僕の姿すら目に入っていないようだ。

「あんなに偉そうにしてたくせにさ。情けないなあ」

それでもマユリが努力した形跡は見えた。エイスケの背や肩に、包丁が刺さっている。床に折れた刃が落ちている。何度か切りつけたらしい。しかしいずれも浅い傷だった。

「力任せに切りつけたって駄目だよ。刃物ってのはね、切りつけて人を殺すのは難しいらしいよ」

僕は先端が刃こぼれしていない包丁を選んで拾うと、エイスケに近づく。

「刺すんだってさ。ちゃんと重要臓器を狙えば、ほんの数センチ刺し込むだけでいいんだ。それで十分致命傷になるそうだよ」

エイスケはうつぶせの姿勢でうずくまっているから、心臓は狙いにくい。なら、腎臓(じんぞう)だ。だいたいこのへんだと思う所に、僕はぐいと包丁を刺し込んだ。

エイスケが二度、びくんと大きく痙攣した。

そして全身から、ゆっくりと力が抜けていった。うまくいったみたいだ。

「はい、始末してあげたよ。感謝してね」

僕はまだ空を見ているマユリの肩を、ぽんと叩いた。

「殺さなきゃ、殺さなきゃ……」

がくがくと震えながら、マユリは包丁を両手で握る。

「だからもう殺したって！」

僕はマユリの正面に立って、その目を覗き込む。目つきがおかしい。瞳がぐるぐると、何かを追って回転している。見えないものが見えているのか。

どうしたらいいだろう。ビンタでもしてやろうか。

「殺さなきゃ、殺さなきゃ……」

「うるさいなあ」

もともと僕は、マユリに興味はない。目的が達成された今、マユリに協力する必要もない。追い出しちゃおうか。邪魔だし。うるさいし。

僕は早く、ユウミと愛を語りあいたいんだ。

そう思いつつ、ため息をついた時だった。

「殺さなきゃっ！」

僕の意思に関係なく、息がふっと漏れた。腹を見る。マユリが突きだした包丁の先端が、刺さっている。

「お……」

お前。

「ふざけんな、抜けよ……」

僕は包丁を摑み、押し返そうとする。しかしマユリは物凄い力で包丁を押し出し続けている。摑んだ右手には満足に力が入らない……人差し指が折れているせいだ。包丁は僕の手の中を滑り、ずるずると腹の中に入ってくる。鋭い痛みが、僕の体内を突き抜けていく。あのエイスケに折られた指が、こんなところで僕を苦しめるなんて。

「こ、このバカ……いい加減に」

罵倒しようとしたが、喉の奥がねばついた。むせかえる。唇の端に温かい液体が溢れてくる。反射的にふき取る。唾液かと思ったら、血だった。

やばい。背中に寒気が走る。

どうしようどうしよう。刺された。油断した。失敗した。

こいつ、相手の区別もつかないのか。どう考えたってわかるだろう。お前が殺したいのはエイスケだろ。僕を殺してどうするんだよ。狂人め。自分はまともみたいな顔しやがって、十分イカれてるじゃないか。

口の中に血の味が満ちていく。腰を腿を足を、たらたらと温かい液体が伝っていく。

僕は歯を食いしばって、マユリの首根っこを摑んだ。

「それはママ……私じゃない……パパ……違う」

まだぶつぶつと言い続けるマユリの体を回転させ、廊下の方へ突き飛ばす。マユリは力なく倒れ、包丁から手を離した。僕の腹から静かに刃が抜け落ちた。

「こいつめ」

その頭を蹴りつけようとすると、まるで炭酸飲料の缶でも開けたような音がして、腹から血が飛び出た。

まずいまずいまずい。下手に動くと大出血するかもしれない。焦って傷口を押さえようとするが、ぬるぬると滑ってうまくいかない。流れ続ける血を、止められない。

「殺さなきゃ、ママ、嫌い、私、パパ……」

マユリは相変わらずぶつぶつと言いながら、起き上がる。手は左右に振れ、包丁を探している。こいつ、何とかしなくては。危険だ。

再び立ち上がったマユリの頭を狙い、力いっぱい殴りつける。マユリはバランスを崩し、階段の手前でよろめく。

いいぞ、そのまま落っこちてしまえ。

その時、僕の体が手前にぐいと引っ張られた。

マユリが僕の腕をつかんでいた。

やめろ、お前……。

そう思った時には、すでに重心が階段の境目を越えていた。そのままマユリもろとも、階段を転がり落ちる。一階へ。そのまま勢いあまって、地下室まで。長い時間をかけて二階分を落下し、僕はほとんど意識を失いかけた。全身が打ち付けられて、呼吸ができない。

死んでたまるか。

死んでたまるか。

息が切れる。腹が痛い。痛すぎて、下半身が麻痺している。

だらだらと汗が流れる。鼻の奥が痛い。

足を手で支えて必死で起き上がると、マユリもまたゆっくりと起き上がって僕を見ていた。

うつろな瞳。

僕はマユリの背後に、開いたままの扉を見た。

地下の個室だ。ユウミを入れていない方の扉は、さっき中を見た時に開け放したままなんだ。考えるより早く体が動いた。

マユリに体当たりを食らわせ、その部屋に押し込む。ふらふらとよろけながら、マユリが室内に倒れ込んだ。

「パパ……ママ！」

何がパパだ、ママだ。僕を刺しやがって、許さないぞ。

素早く扉を閉め、ポケットから鍵を取り出して穴に突っ込む。がちゃり。

これでよし。

「……」

まだ室内で何か言っているようだ。しかし無駄だ。お前は一生そこに閉じ込めてやる。

僕に痛い思いをさせた罪は、それでも償えないのだから。

そのままゆっくり、死んでいけ。

……苦しい。

呼吸をいくらしても、苦しい。

ちょっと無理して動きすぎた。体に力が入らない。

僕は壁に寄り掛かる。そのまま、床に座り込む。流れた血が床にどんどん広がっていく。ぞっとするほどの量だ。こんなに血を失って、僕は生きていられるのだろうか。何だか眠くなってきた。視界に靄（もや）がかかったようで、よく見えない。

……疲れた。

嘘だろ。

こんなところで死ぬのか？

嫌だよ。

嫌だ、ユウミ、助けてくれ。

僕は死なない。

王子様は、無敵なんだ。王女と永遠に幸せな時間を過ごすんだ。そういうものなんだ。

僕は、死なないぞ。絶対に死なないぞ。

……ああ。

悪魔エイスケめ。ずっと前に、あいつに指を折られなければ、こんなことにはならなかった。包丁を、深く突き刺さる手前で止められたはずなんだ。どうしてこんなことに。王子様の力には、限界があったのか？　エイスケのやつ。死んでもなお、ユウミを自分のものにしようとしたのだろうか。

王子様は、悪魔が残した微かな傷が元で、死ぬ……そんな物語をどこかで聞いたような気もする。冗談じゃない。僕は、そんなの嫌だ。

手が震える。寒いぞ。床を伝っている液体の方が、温かいじゃないか。寒い。

僕は横になる。あ、床の方が温かい。寒い。寒い。

眠い。

少しだけ休もう。

ちょっと寒すぎる。

寒さが、どこかへ行ってしまうまで。
少しだけ休もう。
僕は目を閉じた。
暗い暗い、闇が僕を覗き込んでいるような気がした。

四段目　マユリとマユリ

§マユリ

はっと目覚めると、私は一人だった。どれくらいの時間寝ていたのかわからない。四方を壁で囲まれた、小さな部屋。その床に、寝かされていた。鏡と洗面台をのぞいて、目につくものは何もない。天井には埃（ほこり）のついた蛍光灯が一つ。

扉に近づいて、ノブを回してみる。しかし、鍵がかかっていた。

何だか記憶がはっきりしない。私はどうして、ここにいるのだろう。

この部屋は別荘の地下室に似ている気がする。だけど、確証はない。

閉じ込められた？　誰に？

おかしい。さっきまで私は、パパを殺すために必死だった気がする。

結局、パパは殺せたんだっけ？　それとも、殺せなかったんだっけ？

思い出せない。

動けなくなったパパの前で、包丁を構えたような気はするんだけど。凄く長い間、逡巡し続けたのは覚えてる。

だけど……どちらにせよパパは死んだだろう。

あれだけの傷だ。私が手を下さなくても、死んでいたに違いない。

ということは、私をここに閉じ込めたのはリョウタ……？　でも、何のために。共犯の私を口封じのために閉じ込めたとか？

いや、口封じなら殺せばいいはず。どういうことだかわからない。

ママはどこにいるの？　パパはどうなったの？

頭が痛くなってきた。


洗面台まで歩くと、鏡があった。

私は凄く疲れた顔をしていた。目の下には隈が出て、肌に艶はない。髪の毛はぼさぼさで、唇は乾いていた。

へとへとだった。

ママそっくりな顔だと思った。

「ママはまだ、自分のことマユリって思ってるのかしらね」

私は独り言を口にする。

「でも、『思い出した』って言ってたから……ようやく、気づいたかもね。自分がユウミだってことに」

嬉しくて気分がいい。くっくっと笑みがこぼれる。

その時。

鏡に映った私が、私を笑っているのが見えた。

思わず後ずさる。

その顔が、ママそっくり、どころかママ本人に見えたからだ。私は慎重に、鏡に映った自分を観察する。ママじゃない。私だ。私のはずだ。

でもさっき、ママに見えた。見間違い？　疲れていたから？

「……あなた誰？」

私は問いかける。

§マユリ

「……私はマユリ」

私は鏡に向かって、そう口にする。

「あなたマユリ？」

鏡が私に問いかける。

「うん、私はマユリ……私はマユリ」

私は答える。私はマユリ。そう、マユリのはず。

……はあ、何やってるんだろ。

こんな当たり前のこと、今更確認するまでもない。

ママじゃあるまいし。

ママは今頃、何してるんだろう？

リョウタに地下室に監禁されてるのかな。そして、リョウタの自分勝手な愛情をぶつけられてるかも。

まだ、自分のことマユリだって思ってるのかな？　それともすべてを思い出して、絶望しているんだろうか。

ママ、どんなこと考えてるんだろう。

相変わらず、扉は閉ざされたままだ。

誰も来ない。リョウタも来ない。パパも来ない。何の音もしない。

リョウタが私を裏切ったとは考えられないだろうか。私を地下室に押し込めて、自分はママと一緒にどこかで自由に生きていくことにした。

……いや、私を閉じ込める理由がわからない。

邪魔だったら殺せばいい。なぜ、わざわざ閉じ込めた？

思考が堂々めぐり。ひょっとして私、何か大事なことを見落としている？


私はまた、鏡を見ている。

私はママに似ている。目の形が似ている。輪郭が似ている。眉の上げ方が、笑う時の口元が、この少し顎を上げた斜めからの角度が、似ている。

一年前よりも似ている。一か月前よりも似ている。鏡を見るたびに、どんどんママになっていく気がする。

あんなにママとパパを消し去ってしまいたかった本当の理由が、わかる気がした。

「……私、ママになるのが怖かったんだ」

口に出してみる。自分の声を聞いて、その通りだと頷いた。

ママに自分の居場所を取られたのも、パパに捨てられたのも、辛かった。だけどそれだけじゃない。家を出て、自分の稼ぎで暮らすようになってからも、何かに追いかけられるような恐怖があった。そのせいで眠れず、悪夢を見て、苦しみ続けていた。

あれは、ママが侵食してくる恐怖だったんだ。

マユリになったママは、妄想の世界に生きているママは、年を取らない。何年たっても、高校生のマユリであり続ける。でも私はそうじゃない。私は少しずつ確実に老い、ママの姿に近づいていくのに。

逆転。

ママが私になったせいで、私がママになってしまう。

私は、自分が乗っ取られるような気がしていたんだ。だから怖くて、その前に両親を、二度と私の目の前に出てこないようにしたかったんだ。

……本当に怖かったんだ。

「ママにその気持ち、わかるの？　乗っ取られる恐怖、理解できるの？」

私は鏡に告げてみる。

§マユリ

「……わかる」

私は戦慄（せんりつ）しながら、問いに答える。

ママにわかるわけがない、と考えてさっきの一言を発した。しかし。

「わかるのかも……」

それに気付いてしまい、私の体は震え始めた。

かちかちと歯が鳴る。

ママにだってわかるはず。だって、今のママはマユリなんだもの。ママはマユリに成り切っているんだもの。

私を目の前にして、忘れていた真実を突き付けられた時、ママはどう思っただろう？

やっぱり、自分が乗っ取られるって思ったんじゃないかな？

私は想像してみる。

出会った時の、ママの気持ちを想像してみる。


……私が別荘の個室で眠っていると、大きな音がした。

何事かと思っていると、乱暴に扉が開かれ、誰かが入ってきた。

……私だった。

わけがわからず、私は狼狽する。

もう一人の私は、私を偽物と言う。ユウミだと言う。

それは、ママの名前。消えてしまったママの名前。

……ママは、どうして消えてしまったのか？

思い出せない。

もう一人の私が私に言う。

「ママはマユリに成り切ってただけ」

リョウタもやってきて、私をユウミだと言う。

リョウタの背後では、ぼろぼろにされたパパが倒れている。

どういうこと？

ママが消えてしまったのは、ママが私だから？

私は本当はマユリでなく……ユウミ？

心の中で、ママがにやりと笑った気がした。私という存在が壊れていく。私がなくなっていく。私が、ママにとってかわられていく。

私の自我が、ママに侵食されていく……。

§マユリ

はあ、はあ。

私は鏡の前で、頭をかきむしっていた。

想像するんじゃなかった。ママの心中なんて、想像するんじゃなかった。

そうだよ。ママも同じなんだ。「自分をマユリと思い込んでいる人間」という意味では、ママも私も同じなんだ。だから、現実を突きつけることは、ユウミに侵食されることになるんだよ。

何これ？　どうなってるの？

ママも私も、ユウミを恐れてる。自分を少しずつ蝕もうとするユウミが、怖い。

そして、何よりショックなことがある。

それは……。

ママの精神状態が、私と近いということだった。

ユウミに乗っ取られる恐怖を抱いているという点で。

どうして？　どうして……。

心の中まで、ママに似なくちゃならないの？

私は、マユリなのに……！


「……あなた本当にマユリなの？」

なんでそんなことを鏡に向かって聞いてしまうんだろう。不安でたまらなくなったせいかもしれない。

「どこかに、ママが入ってるんじゃないの？」

鏡に映った自分を慎重に観察する。

「どう見てもマユリだけど……ほんの数パーセントくらい、ママがいたりするんじゃないの……？」

どこかにママが潜んでいないか、すみずみまで見る。

そして呟く。

「何してるんだろう私……ママに怯えすぎ……」

ママは今頃、どうしてるんだろう。

ひょっとして、今の私と同じように鏡を見て、怯えているのかもしれない。ママに侵食されるって、怖がっているのかもしれない。

……どうして私とママが、どんどん同じになっていくの……。

ママの呪縛から離れたいのに、ちっとも離れられない。

やっぱりママが私を乗っ取ろうとしているんだ。

制服や、居場所を奪っただけでなく、私の精神までママが侵食してきて……。

しまいには、ママになってしまう……。

§マユリ

どれくらいの時間がたったんだろう。

もうこんな部屋にいるのは、嫌だ。ママのことばかり考えてしまって、頭がおかしくなりそう。ママのことを忘れたい。

このままじゃ私、ママになっちゃう。そんな気がする。

怖い。

世の中にはバランスってものがあるんじゃない？　つまり、ママが私になったら、私がママになる。プラスマイナスゼロ。そうやって帳尻が合うようになってるんじゃない？

ママは、自分がマユリだって強く思い込んでる。色々なものを妄想で捻じ曲げてしまうくらいに。

神様は、情熱的に「マユリ」になっている人のことを応援する。ママの方が真剣に「マユリ」になってるから、そのぶん私が「ママ」になってしまう。

そんな力学が働いてる気がする……。

嫌だ……嫌だよ。

私がマユリなのに！

誰か証明して！　私が本当のマユリだって証明して！

ママにそれを、わからせて！

私はマユリ、マユリ、ママなんかじゃない！

ママなんかにはならない！

§マユリ

「私はマユリ」

私は鏡を見て、自分に言い聞かせる。

「私はマユリ、マユリ、マユリのはず……マユリ、絶対にマユリ」

鏡を見ないようにして、必死で言い聞かせる。

「私はマユリ、ユウミなんかじゃない、マユリ。エイスケとユウミの娘、マユリ。マユリ、マユリ……私がママに近づいていくわけない、私がママになっちゃうわけない、なぜなら私はマユリなんだから……」

長いことそう呟いていて、ふと疑問が浮かんだ。

何でこんなこと自分に言い聞かせてるんだろう？

おかしくない？

だってこれって、ママがやるべきことでしょう？

自分をマユリだって言い聞かせたいのは、ママのはずでしょう？

凄く嫌な予感がした。

何かが裏返ったような感覚。

……私はもう、ママなんじゃない？

§マユリ

だってそうだよ！

この部屋に閉じ込められてるのがその証拠じゃん！

リョウタが閉じ込めるのは、ママ！　つまり私がママなんだよ！

いつまでも、誰も助けに来ない！　リョウタは何してるの？　家具でも買いに行ったの？　それとも、この部屋に隠しカメラでもつけて、私を観察してるの？

ああ、どうしたらいいの？

自分の体を引っ掻く。床を、壁を蹴りつける。獣のように叫ぶ。髪の毛を抜いて、歯を食いしばる。涙が出た。どうしたらいいの！

私はマユリ！

鏡に、ぼろぼろの女の姿が映った。

「あ、あ、あなた……あなた、誰？」

聞いてみる。同時に、鏡に映った顔も「あなた誰？」と聞いてきた。

「お前こそ誰だっ！」

私は叫ぶ。

§マユリ

暴れ疲れて、私は座り込んでいる。

「お前こそ誰だ……」

どこかから声が聞こえてくる気がする。幻聴だろうか。それとも自分の声の余韻だろうか。耳の奥で、その残滓（ざんし）がいつまでも消えない。

落ち着け。落ち着け。パニックになるな。

冷静に考えてみよう。

私がママなんて。そんなこと、ありうるのだろうか。

……。

ありうる……。

私を目の前にして、ママは困ったはず。過去の全てを思い出したはず。

それからどうするか？

ユウミとして、あらためて生きていく？

できるはずがない。今更ユウミとして生きるなんて辛すぎる。娘を脅かして、夫に迷惑をかけ続けてきたユウミ。自分に関心を寄せてくれるのはストーカーのリョウタだけ。最愛の夫は、リョウタによって半殺しにされている。救いがない。

ママは、そんな現実を受け入れられる人間じゃない。

だから……「マユリに成り切る」ことを続けるしかないんじゃない？

強引に……。

もう、高校生のマユリで居続けるのは不可能。でも、今のマユリに成り切ることはできる。「ママに居場所を奪われて、家出して、キャバクラで働いて生活していて、過去の因縁にケリをつけるため、リョウタと一緒に戻ってきたマユリ」に成り切ることはできる。

ママは知ったから。私の存在を、私が家出してキャバクラで働いて生活していたことを、過去の因縁にケリをつけるためにリョウタと一緒に戻ってきたことを。それを元に、もう一度マユリを想像できるんだ。

ママは、マユリを想像する。

成り切る。

想像して、成り切ってしまう。

記憶の足りない部分は、妄想で補っていく。

今までにもやってきたこと、ママの得意分野。キャバクラの記憶とか、リョウタとの会話の記憶とか、どんどん作ってしまう。作れないところは見ない振りをしてしまう。矛盾に目をつぶる。いや、矛盾に気付くという能力を、自分で封印してしまう。

その結果、今の私と似たような心になる。

パパを殺すのを躊躇して。自分はマユリのはずなのに閉じ込められて。鏡を見ればママに良く似た像が映って怯えて。ママの侵食を怖がる私。

……を、演じているママになる。そうなって、今ここで悶々と考え続けている。自分の嘘にも気付かずに。

違うと言い切れる？

§マユリ

何だか、鏡に映る像がママなのか、マユリなのか、自信がなくなってきた。

ママが映れば、疲れて幻覚が見えているんだと思う。もしくは、やっぱり自分はママなんだと思う。マユリが映れば、マユリになろうとして妄想を見ているんだと思う。もしくは、やっぱり自分はマユリなんだと思う。

どちらもあり得る。それ以上思考が進まない。
記憶があてにならない。妄想かもしれない。
目に見えるものがあてにならない。幻覚かもしれない。
私、どっちなの？
マユリなの？　ママなの？
ねえ教えて、どっちなの？
誰でもいい、パパ、いやリョウタでもいい、誰か私がどっちなのか教えて！
マユリだって言って！　確信させて！
この際、ママでもいい！　自分が誰なのか確定するなら、それでもいい！
こんなところで一人で、悩み続けていたら私おかしくなっちゃう！
誰か教えて！
ねえそこのあなた、そうあなた、あなたでいい、見てるんでしょ、ねえ、教えて！
お願い……。
あなた誰？

§マユリ

誰も教えてくれない。

私を教えてくれない。

お腹が空いた。トイレもずっと我慢してる。ここは蒸し暑くて、嫌な臭いがする。気分が朦朧としてきた。

ママも地下室に閉じ込められてるんだろうか？

だとしたら、私と同じように考えているかもしれない。

自分はマユリだと考えて、それからマユリになりきっているママなんじゃないかと考えて、マユリになりきっているママの気持ちになっているマユリなんじゃないかと考えて、マユリになりきっているママの気持ちになっているマユリになりきっているママなんじゃないかと考えて、ママ、マユリ、マユリ、ママ、え？ うーん。マ、マ、マ、マ、マ……。

マ？

……。

ん？

私どっち？

今考えてるの、どっち？

§マユリ

わけがわからない。

こんな風におかしくなっちゃうのは、ママの癖だった。ママは精神が弱かったから。つまり、おかしくなったということは、私はママなんだね。

ママの娘にも、同じような性質が遺伝してるかもね。つまりマユリも、心が壊れちゃう素質が備わってるんだよね。

ということは、私はマユリでもあるんだね。

ママはマユリを乗っ取ろうとしてる。マユリはママに乗っ取られる。ママに乗っ取られたマユリは、自分のことマユリだと思ってる。だから、ママに乗っ取られるのを恐れてる。そしてママに乗っ取られる。ママに乗っ取られたマユリは、自分のことマユリだと思ってる。だから、ママに乗っ取られるのを恐れてる。

つまりママもマユリも、ママとマユリを繰り返してるってことだよね。

私、その連鎖に、どこかで呑みこまれてしまったんだね。

もう、抜け出せない。

二人とも、同じことを考えてる。

そして二人とも、自分がどっちかわからない。

私もどっちかわからない。

§マユリ

もう一人は、どこにいるんだろう……。

私がママだろうとマユリだろうと、もう一人が存在するはずなんだよ。

私がマユリだったらママが、どこかに存在する。それを見れば一発なのに。ママがいれば自分がマユリだってわかるのに。

もう一人は、どこにいるの……？

「鏡、お前には聞いてないんだよ！」

私は叫ぶ。

鏡にはママが映ったり、マユリが映ったりして私を惑わす。

人をからかって。ふざけた鏡だ。

もう一人はどこ……？

どこか遠くで、自分の人生を楽しんでいるの？　それともリョウタと一緒にいるの？

案外、すぐ近くの部屋にいたりして。私と同じように閉じ込められて、私と同じように自分がどちらかわからなくなって、私と同じように……ひっそりと……もう一人を探しているのかも……。

だとしても、ここから出られなければ、何も変わらない。

何も決まらない。

§マユリ

私は憔悴しきった頭で考える。

ああ……。

……幸せなのかもしれない。

これはこれで。

§マユリ

ママの存在に怯えて暮らし続けたり……毎日眠れなかったり……妄想を見て自分を騙し続けたりするより……こうして、自分が誰だかわからない状態になった方が、いっそ楽なのかもしれない。

ママにとっても、マユリにとっても、この状態は、望ましいのかもしれない。

§マユリ

自我を失うのが怖いのは、自我があるから。

だったら、自我を失ってしまえば楽になる。

そうすれば、ママとマユリの連鎖は終わる。

今の私のように。つまり私は、私の脳は、最も幸福になれる道を選びとったのかもしれない。能動的な狂気として。

§マユリ

ママでも、マユリでもない。

なんだかよくわからないものになってしまえばよかったんだ。

なんだかよくわからないものに…………。

§なんだかよくわからないもの

ひどく静かだった。
自分が、深海の底に辿りついた塵（ちり）のように思えた。
私はゆっくりと目を閉じた。

本作は二〇一四年KADOKAWAより刊行されたものに加筆、訂正した新装版です。
本作品はフィクションです。実在の人物や団体、地域とは一切関係がありません。

TO文庫

四段式狂気

2022年3月 1日　第1刷発行

著　者　二宮敦人

発行者　本田武市

発行所　TOブックス
〒150-0002 東京都渋谷区渋谷三丁目1番1号
PMO渋谷Ⅱ　11階
電話 0120-933-772（営業フリーダイヤル）
FAX 050-3156-0508

フォーマットデザイン　金澤浩二
本文データ製作　TOブックスデザイン室
印刷・製本　中央精版印刷株式会社

Printed in Japan ISBN978-4-86699-461-1